그럼에도,
내키는 대로
산다

그럼에도, 내키는 대로 산다

초판 1쇄 발행 2018년 7월 25일
초판 2쇄 발행 2018년 9월 3일

지은이 이유미
펴낸이 유정연

주간 백지선
책임편집 김경애 **기획편집** 장보금 신성식 조현주 김수진 **디자인** 안수진 김소진
마케팅 임충진 임우열 이다영 김보미 **제작** 임정호 **경영지원** 전선영

펴낸곳 흐름출판(주) **출판등록** 제313-2003-199호(2003년 5월 28일)
주소 서울시 마포구 홍익로5길 59 남성빌딩 2층
전화 (02)325-4944 **팩스** (02)325-4945 **이메일** book@hbooks.co.kr
홈페이지 http://www.nwmedia.co.kr **블로그** blog.naver.com/nextwave7
출력·인쇄·제본 (주)현문 **용지** 월드페이퍼(주) **후가공** (주)이지앤비(특허 제10-1081185호)

ISBN 978-89-6596-269-4 03810

이 도서의 국립중앙도서관 출판예정도서목록(CIP)은 서지정보유통지원시스템 홈페이지(http://seoji.nl.go.kr)와 국가
자료공동목록시스템(http://www.nl.go.kr/kolisnet)에서 이용하실 수 있습니다.(CIP제어번호: CIP2018021219)

my 는 흐름출판(주)의 생활·예술·에세이 브랜드입니다. Make Your Life, MY!

이유미 지음

그럼에도,
내키는 대로
산다

나답게 살면 그만이다.
잘 안되는 것에
애쓰지 말지어다.

my

매번 내키는 대로 하진 못하지만 될 수 있으면 그러고 싶다

머리를 짧게 치고 싶다. 머리카락을 짧게 자르고 싶단 말이니 오해 말길. 친다는 건 자른다보다 뭔가 더 지긋지긋해져서 빨리 해치우고 싶단 뜻이기도 하다. 머리카락이 잘 자라지 않는 편이었는데 아이를 낳은 뒤 이상하게 잘 자란다. 나는 늘 숏커트와 긴 단발 사이를 왔다갔다 하는 헤어 스타일을 고수했는데, 숏커트에서 간신히 간신히 길러 어깨에 닿을 만한 길이가 되었을 때 슬슬 지겨워지기 시작하고 그 고비를 못 넘기고 또 자르곤 하기 때문. 이번에는 좀 오래 길이를 유지했다. 지금은 머리카락이 어깨뼈보다 살짝 더 아래까지 내려오는데 얼마 전 생머리가 지겨워 파마까지 했더니 가뜩이나 애매한 길이에 더 정신없어졌다. 머리를 감고 말리는 게 귀찮아서 아침마다 이 긴 머리를 치렁치렁 늘어뜨리고 마를 때까지 묶지 않고 그 대로 버스를 타고 지하철을 타서 회사에 오는데 가방을 어깨 에 멜 때마다 끈과 어깨 사이에 머리카락이 껴서 늘 짜증이 난 다. 그럴 때마다 잘라야지, 이걸 왜 기르고 있나, 구시렁거리는 것도 빼먹지 않는다.

내가 화끈하게 머리카락을 치지(?) 못하는 데는 한 가지 이 유가 있다. 살이 쪘기 때문이다. 7월부터 다이어트를 하고자 마 음먹었는데 7월이 이렇게 빨리 와버릴 줄 몰랐다. 머리카락이 짧은데 얼굴까지 동그라면 흡사 호빵이 따로 없을 터. 일단 살 을 빼고 머리카락을 잘라야 하는데 살이 그렇게 쉽게 빠지냐 고. 두발 자유화가 허락되지 않는 고등학생도 아닌데 왜 내 머 리카락 하나 속 시원하게 자르지 못하는가. 뭔가에 불편함을 느껴 해결해야지 하고 생각을 했으면 그대로 이행하면 될 텐 데 이것 따지고 저것 따지고 왜 이렇게 남의 시선을 의식하는 지 모르겠다. 좀 호빵처럼 보이면 어때? 내가 시원하고 편하잖

아. 말은 참 쉽지만 미용실에 커트 예약까지 해놓고 일단, 일단
은 살을 빼야지 안 되겠다,라며 예약을 취소하는 나다.

약 2년간 틈틈이 쓴 글들을 책으로 묶기 위해 처음부터 끝까
지 다시 읽어봤다. 정말 특별할 것 없는 보통 날들의 연속이다.
머리카락을 자르고 싶은데 살을 빼지 못해서 다음으로 넘기고
마는 그런 날들. 글을 읽으며 내가 살이 쪄서 다른 사람이 나를
보고 느낄 감정까지 계산하며 어찌됐든 피해는 주기 싫다는 생
각으로, 좋은 게 좋은 거 아니겠습니까?라고 살았던 내 삶에 미
묘한 공통점 같은 게 보였으니 바로 내키는 대로 사는 것이었
다. 그렇다고 매번 모든 일을 내키는 대로 하고 있진 못하지만
될 수 있으면 그러고 싶어하며 산다. 숏커트로 칠까 말까 몇 날
며칠 고민하다 가도 퇴근길에 무작정 미용실에 들어가 머리카
락을 짧게 잘라달라고 말하는 것 또한 예상 가능한 나의 모습
이다.

결국 주변 사람들의 심기를 거스르지 않고 제 할 일하며 남
한테 그렇게 살면 안 돼,라는 소리쯤은 듣고 살지 않지만 한편
누군가에게 그렇게 살지 마세요,라고도 말하지 않는, 그 와중에

하고 싶은 대로는 살고 있는 내가 이 정도면 만족스럽다.

　　낯선 곳에 가길 꺼려하고 모험을 즐기지 않으며 처음 만나는 사람이 제일 두려운 내가 그럼에도 불구하고 내 인생을 내키는 대로 살았던 날들의 에피소드를 통해 당신도 피식 웃고 넘어갈 수 있는 짬이 되길 바란다. 더불어 이 책을 펼친 당신과 내가 비슷한 결의 사람이라면 이 책을 읽는 동안만큼은 그럼에도, 내키는 대로 읽길, 그래서 당신이 내키는 대로 사는 데 이 책이 조금은 일조할 수 있길. 다른 사람들의 시선이 신경 쓰여 주저될 때, 별거 아닌 일에도 용기가 필요할 때 이 글들이 툭툭 밀어주는 힘이 될 수 있길 바라본다.

2018년 가장 좋아하는 계절에

이유미

차례

2장
눈치는 생략하고, 당당하게 요구한다

3장
눈만 마주치면 결혼하지 말라고 한다

4장
적당히 미움받고 적당히 사랑받는 게 최선이다

5장
매일매일 무사하면 잘 살고 있는 거다

1장

적당히 즐거울 정도로
나를 과대평가하며 산다

〰〰〰〰〰

타인의 시선에
버둥거리지 않고 싶다

　　그냥 추운 정도가 아니었다. 한겨울에나 불법한 칼바람이 불었다. 전날 일기예보를 보고 단단히 준비했는데도 손과 발이 시렸다. 안 그래도 인상도 차가운데 손과 발이 찬 나는 겨울이면 몸까지 완벽하게 찬 여자가 된다. 올가을 들어 가장 춥다는 11월의 어느 날 서둘러 퇴근을 하고 두꺼운 담요를 둘둘 만 채 소파에 기대앉아 TV를 보고 있을 때였다. 〈말하는 대로〉라는 프로가 방영되고 있었다. 다양한 분야의 유명인이 길거리에 나가 자신이 정한 주제에 대해 이야기를 하는데 듣고 싶은 사람은 자유롭게 와서 듣는 방식이었다. 지금은 없어졌지만 흥미롭게 봤던 〈마녀 사냥〉이란 프로를 통해 알게 된 후 책까지 사서 읽었던 칼럼니스트 곽정은이 마이크를 잡았고, 자신의 과거 성폭력 경험에 대해 매우 덤덤하게 털어놓는 중이었다. MC를 포함해 적지 않은 사람들이 그녀의 솔직한 고백에 입을 떡 벌리며 놀라고 있었다.

한편, 며칠 전 회사에서 강사(정식 호칭은 '안내자'라고 했다)를 초빙해 직원들과 '소통'에 대한 이야기를 듣는 시간이 있었다. 커다란 눈에 웃으면 반달 눈웃음이 지어지는 지적인 얼굴의 여자 강사는 아담한 키에 내추럴한 분위기가 동시에 느껴지는 호감형이었다. 그런 그녀가 마이크를 입에 대고 대뜸 시작한 이야기는 자신의 유년 시절 부모의 갈등으로 어머니가 집을 나가고 결국 이혼 가정이 되었고 그 뒤에는 초등학교 2학년인 자신을 아버지가 상습적으로 폭행했다는 다소 거침없고 조금은 자극적이며 솔직한 과거 발언이었다. 겉모습으로 사람을 판단해선 안 되겠지만 겉으로는 마음고생 한번 안 해봤을 것처럼 곱고 밝아 보였기에 이야기를 듣는 내내 적잖이 충격을 받았다.

강연를 듣고 나니 솔직한 게 미덕까진 아니더라도 이미지로 보여지는 그 사람의 껍데기는 벗길 수 있겠다는 생각이 들었다. 그녀가 아무렇지 않게(사실 처음부터 아무렇지 않았던 건 아니 겠지만) 사람들 앞에서 자신의 치부라면 치부일 수 있는 상처를 드러냈음에도 매력적인 이유는 소설가 소노 아야코의 말처럼 그에게 주어진 인생의 무게를 받아들이고 수용했기 때문일 것 이다. 더불어 그녀가 자신의 아픔을 드러낸 이유 중 하나는 사 람들의 관심이 집중되기 때문일 것이다. 고생 한번 안 했을 것 같아 보이는 사람이 "저는 어릴 때 맞고 자랐어요"라고 솔직하 게 말하면 고개가 돌아가기 마련이다.

요즘 방송에선 유명인들이 자신의 아픈 곳을 가감 없이 드러 낸다. 일찍이 연예인들의 공황장애가 이슈가 되기도 했었다. 방 송을 재미있어하고 무대를 즐길 것만 같던 그들이 사람들 앞에 선다는 것이 공포스럽고 죽을 것 같다는 이야기는 보는 이들로 하여금 저들도 똑같은 사람이구나, 하는 공감과 전에 없던 관 심을 자아내기도 한다. 예전에는 정신과 치료 기록까지 두려워 해 병원 한번 찾지 못하고 쉬쉬했던 연예인들도 이젠 자신의 병을 공개하고 시간을 갖고 휴식을 취하거나 그러지 못할 경우 엔 우스갯소리처럼 병명을 말하며 보호가 필요한 제스처를 취 하기도 한다. 근데 그게 눈살 찌푸려진다거나 거슬리지 않는다. 오히려 사람들은 그들의 솔직함에 마음을 열기도 하니까.

반면 여전히 자신을 포장하는 사람들도 적지 않은 건 사실이다. 인스타그램 같은 SNS가 유행하면서 아픈 곳보단 즐겁고 행복한 나날만을 공개하는 사람도 적지 않다. 보여주고 싶은 것만 보여주는 것이다. 각기 자신의 삶에서 무엇에 가치를 두느냐에 따라 기호가 달라지겠지만 내가 좋아하는 연예인들의 밝은 모습만 보고 싶어하는 사람도 있을 것이다. 그런 그들의 모습에 하트를 눌러 자신의 호불호를 드러내고 그렇게 따라 살고 싶은 마음을 솔직하게 꺼내는 것도 일종의 솔직함이라면 솔직함일 수 있다. 다만 그 지점이 너무 극과 극은 아니었으면 좋겠다. 사는 게 괴로운데 남들 눈만 신경 쓰느라 맛집 사진을 찍어 올리며 '맛있는 거 먹으며 오늘도 행복한 하루' 같은 글을 올려서 하트 수가 올라간다고 한들 껍데기에 불과한 자신의 모습에 얼마만큼 행복과 만족을 느끼며 살겠는가.

'상처마저 거름이 되는 삶의 패러독스'라는 부제를 단 에세이 《약간의 거리를 둔다》에서 작가 소노 아야코는 "자기 행위를 타인에게 평가받지 못해 안절부절못하는 사람들은 버둥거릴 수밖에 없다. 내가 만족할 수 있는 삶을 보내고 있다면 누가 알아주지 않아도 행복하다는 자신감이 중요하다."라고 썼다.

솔직하게 자신의 아픈 곳을 드러낸 사람들은 타인의 시선보다 내가 우선인 사람이 되기로 마음먹었기 때문일 것이다. 어디까지 솔직해져야 하는가에 대한 문제는 각자 알아서 그 선을 정하면 되겠지만 어쨌거나 값비싼 포장지보단 속이 꽉 찬 알맹이 같은 사람이 되는 게 덜 피곤하지 않을까?

기왕 뭔가를 샀다면
죄책감은 버리자

가계부를 쓰지 않는다. 한동안 지출을 기입하기만 하면 카테고리별로 분류되는 네이버 가계부를 쓰다가 몇 달 전부터 그마저도 쓰지 않고 있다. 쓰면 뭐하나 싶은 생각이 들었다. 가계부를 쓴다고 딱히 절약을 하는 것 같지도 않고 돈이 모이는 것도 아닌 것 같고…. 또 이상한 반항 심리가 끼어들었나 보다. 내 팔자는 돈이 아주 많은 팔자는 아니라고 했다. 살면서 재미 삼아 몇 번 사주를 봤는데 그때마다 점쟁이는 돈이 없지도 많지도 않은 사주라고 했다. 없이 산다는 것보단 나은 건 맞는데 어던지 모르게 찝찝한 사주다. 그만큼 내가 노력하지 않으면 와르르 무너져내릴 것 같다. 어릴 때부터 돈 모으는 성격이 아니었다. 반면 언니는 주머니에 돈이 들어가면 안 나오는 사람이었다. 언니는 용돈이나 세뱃돈 같은 걸 받으면 그대로 저금통에 넣었고 나는 손에 들어오는 족족 써야 직성이 풀렸다. 돈이 생기면 찜해놓은 필통을 사러 문방구에 갔다. 어릴 때의 행동 패턴이 성인이 되어서도 똑같이 이어졌다. 가끔 보너스를 타거나 예상치 않은 곳에서 원고 청탁이 들어와 공돈이 생기면 다만 얼마라도 빚을 갚는 게 (이론상으론) 우선일 텐데 그대로 써버렸다. 공돈이니까 빨리 써야 된다는 합리화를 만들어서.

연말정산 시즌이라 회사에서 오늘까지 관련 서류를 제출하라는 공지가 올라왔다. 직장 생활이 몇 년째인데 매년 해도 매년 모르겠는 이 연말정산. 제대로 한 건지 아닌지도 모른 채 어쨌거나 출력해서 간추려보니 작년에도 돈을 참 많이 썼다. 내 월급 다 어디 갔나 했더니 여기 모여 있었구나. 죄 어디로 증발하고 흔적만 남아서…. 들여다본다고 뭐 아는 것도 아니지만 출력한 걸 한 장 두 장 넘겨보니 유독 눈에 들어오는 거액의 주택 담보 대출. 상환된 이자액을 보니 말문이 막힌다. 고작 이것밖에 못 갚았다니. (내 아들한테 빚을 넘겨주진 말아야 할 텐데…

쩝) 아이가 태어나면서 이사 다니는 게 힘들 것 같아 좀 무리해서 집을 장만했는데 이자를 따져보니 집을 산 건 아닌 거 같고 은행에 월세를 주고 사는 게 분명하다. 대출이 억 단위가 넘어가면 자포자기 심정이 된다. 언제까지 얼마를 저축해서 얼마를 갚고 이런 계산이 안 선다. 일단 꼬박꼬박 이자 안 밀리고 매달 원금 상환하는 게 우선이다. 언젠가 다 갚을 날 오겠지,라는 막연한 생각은 하고 있지만 딱히 피부에 와닿진 않는다. 정말 다 갚는 날이 오긴 올까?

이렇게 돈 걱정하면서 여전히 사고 싶은 건 많다. 최근 집 여기저기를 정리하면서 물건 줄이기를 실천하고자 노력 중이지만 두꺼운 점퍼에도 흘러내리지 않는 크로스백이 사고 싶고, 롤업 팬츠에 신을 수 있는 앵클부츠가 사고 싶고, 가끔 여성스러운 룩을 연출할 수 있게 롱 원피스도 사고 싶다. 이 세 가지가 최근 나의 가장 큰 관심사다. 나이 38살에 가장 큰 관심사가 가방, 구두, 옷이라니. 사람이 어쩜 이렇게 이중적일 수 있는지. 빚을 갚고 돈을 모으고자 한다면 10만 원 안팎의 돈도 아낄 줄 알아야 하건만…. 내 이상한 경제관념은 이렇다. 다달이 이자 안 밀리고 잘 내고 큰 목돈이 생기면 그때 갚고 어차피 이렇게 자잘한 돈은 갚아도 티도 안 나니 그냥 쓰자. 평생

빚의 굴레에서 벗어나지 못한 채 넉넉하고 여유롭게 살아보지 못할 팔자여.

그렇다고 언제까지 내가 번 돈을 내가 쓰면서 죄책감만 느끼며 살 순 없다. 그렇게 산다면 내가 돈 버는 기계와 다를 게 없지 않은가? 사고 싶은 물건을 샀으면 기분 좋게, 잘 사용하면 된다. 그 정도 보상은 있어야 살아갈 일말의 기쁨이라도 느끼지. 과하지만 않으면 된다. 적당한 소비는 생활에 활력을 준다. 37년을 이렇게 살아왔으니 머리에 번개 맞는 대형 사고가 일어나지 않는 한 나는 앞으로도 계속 이렇게 살 것 같다. 소심하게 대출 걱정은 하면서도 잠들기 전 스마트폰으로 좋아하는 쇼핑몰에 들어가 새로 입고된 가방을 둘러보며 '할부로 살까?' 하는 고민을 하면서, 불안하지만 그 불안을 완전히 잠재워버릴 방법도 (이론상으론) 알고 있지만 그렇게 하기는 싫다. 무료하고 재미없을 것 같다.

사람들은 앉아 있을 때 서 있을 생각을 하고 서 있을 때 걸을 고민을 한다는 얘기가 있다. 나는 서 있을 땐 서 있고 앉아 있을 땐 앉아 있는 사람인 것 같다. 안정적이고 풍족한 미래도 좋지만 짜릿하게 행복해서 살맛 나는 지금도 포기할 수 없다.

가급적 후회되지 않을 날 위주로 산다

∿∿∿∿∿

본격적인 겨울로 들어서면서 여름이 세상에서 제일 좋은 나는 주말마다 집에서 꼼짝 안 하는 습관이 생겨버렸다. 이 습관이 버릇이 되어 아무 데도 안 나가고도 주말을 보낼 수 있게 되었다. 사실 게으름만 장착하면 된다. 근데 문제는 아이다. 괜히 죄책감이 드는 것이다. 어디라도 가야 할 것 같고 뭐라도 보여 줘야 할 것 같고. 사실 나는 아이도 일주일 내내 어린이집 다니느라 피곤했을 테니 주말엔 집에서 좀 쉬는 게 낫다, 쪽이지만. 어쨌거나 코에 실바람이라도 좀 불어넣어줘야 할 것 같아서 일요일 아침을 먹고 세 식구가 1시간 반 낮잠까지 클리어 한 뒤에 가까운 교외로 드라이브를 나섰다.

늘 그렇듯 나오면 나오는 대로 좋다. 바깥 날씨는 쌀쌀하지만 차 안에 히터를 틀어놓고 커피와 빵을 사 가지고 출발. 그렇게 목적지를 찍고 집으로 돌아오는 길 고속도로는 안개가 자욱했고 아이는 뒷좌석에서 초저녁 잠이 들었다. 100미터 앞도 잘 안 보일 정도로 뿌옇게 낀 밤안개 사이를 비상등까지 켜고 조심스럽게 빠져나갈 때 정적을 깨고 남편에게 말했다.

"요즘 늙는 게 조금씩 두려워져."

뜬금없는 내 말에 남편이 별다른 반응 없이 잠자코 다음 말을 기다리기에 전날 밤 읽었던 소설 이야기를 시작했다.

토요일 밤, 아이를 재워놓고 거실에 나와 지난주 짬짬이 읽던 프랑스 소설 《달콤한 노래》를 펼쳤다. 3분의 1 정도가 남아 주말 밤이 지나기 전에 마지막 장을 보고 싶었다. 그렇게 읽기 시작한 책을 새벽 2시쯤 되어서야 다 읽고 쉽게 여운이 가시질 않아 일기도 써보고 SNS도 뒤적거렸다. 2016년 공쿠르상 수상 작인 《달콤한 노래》는 프랑스 여성 작가 레일라 슬리마니의 장편소설이다. 제목의 '달콤한'과는 거리가 먼 스릴러물로 작가는 이 책을 통해 살인이 아닌 모욕을 표현하고 싶었다고 한다.

세 주인공(아내 미리암, 남편 폴, 보모 루이즈)의 삶에서 모욕은 어디에나 조금씩 분포되어 있는 듯 보이지만 그래도 아이들을 돌보는 보모 루이즈가 받는 모욕의 비중이 가장 클 것이다. 그녀는 늙었고 혼자. 앞서 내가 이 책을 덮고도 여운이 쉽게 가시질 않는다고 했는데 그 이유는 글쎄… 늙는다는 것에 대해, 한 사람의 외로움에 대해 (안 그래도 요 근래에) 생각이 좀 많아졌기 때문인 것 같았다.

출근길 버스를 타고 전철역까지 가는데 창밖으로 백발노인의 느린 발걸음을 우연히 보게 되었다. 툭 건들면 쓰러질 듯 불안한 노인의 움직임을 보고 인간은 누구나 죽고 당연히 나도 저 노인처럼 나이 들 거라는 생각에 미치자 갑자기 무섭고 불안했다. 연로해간다는 것에 대해 예전에는 덤덤히, 그래 사람은 다 늙고 죽게 돼 있지,라고 쉽게 받아들였으나 요즘은 받아들이는 정도가 좀 달라진 것 같다. 뭐랄까 좀 구체적으로 막막하고 두려운 마음이 생겼다. 그게 이 세상에 대한 기대치나 미련 때문이 아니라 늙고 병든 사람들, 특히 자신의 의지와 상관없이 병드는 그들이 남처럼 느껴지지 않아서다. 이번에 읽은《달콤한 노래》도 그렇고(이 소설은 노인의 삶에 대해서만 포커스를 맞춘 건 아니지만), 얼마 전 읽은 김혜진 작가의 《딸에 대하여》도 그렇고, 늙어가는 사람들의 이야기를 연속으로 접하다 보니 나라고 이들처럼 안 외롭고 처량하지 않으리란 법이 없지 않을까란 생각에 다다랐다. 병들어 늙는 것에 대한 나의 이런저런 이야기를 듣던 남편이 "당신은 책을 많이 읽어서 치매 같은 거 안 걸릴 거야. 걱정하지 마."라고 말했지만 그런 병이나 소외는 사람을 가리지 않고 찾아온다는 걸 너무 많은 사례로 알게 되었기 때문에 큰 위로는 되지 않았다.

누구나 본인이 늙고 싶은 모습대로 나이 들어간다면 가장 행복할 것이다. 하지만 인간은 미래를 장담할 수 없는 존재이기 때문에 늘 불안하다. 그렇다고 날마다 언제 아프게 될지, 치매나 암에 걸리게 될지 모른다며 조마조마한 마음으로 노년을 기다릴 수만은 없다. 단순하고 짧은 내 소견으로 내린 해결법은 '30년 40년 후를 생각할 겨를이 없도록 오늘을, 지금을 내 마음껏 살면 되지 않을까?'였다. 이게 사실 쉽지는 않다. 특히 자식 있는 부모들은 내일이 없는 사람들처럼 지내기엔 겁이 난다. 근데 뭐든 후회가 없다면 괜찮지 않을까? 물론 날마다 후회 없이 사는 것도 무척 버겁게 느껴지지만 '가급적' 후회되지 않을 날 '위주로' 살면 된다. 톡 쏘는 사이다처럼 개운해지는 해결법은 아니지만 조금 다독임은 된다. 그래도 여전히 답은 모르겠다. 쉽게 풀릴 것 같지도 않다. 겁이 많고 소심한 나는 불쑥불쑥 생겨나는 이 걱정을 곰 인형처럼 껴안고 살아야 할지도 모른다. 그러다 보면 이 곰 인형이 사랑스러워서 콧노래를 흥얼거릴 날도 오겠지.

옛날에 엄마가 자주 하던 말 중 무섭다고 생각하니까 더 무서운 거란 말이 있다. 이보다 당연하면서 진리처럼 들리는 말도 없다. 나는 내가 치매에 걸리고 외로워서 주위 사람들로부터 소외되는 미래만을 생각했기 때문에 무서운 거였다. 생각은 자유라는데 되도록 살 만한 노후를 그려봐야지. 늙는다는 걸 의연하게 받아들이자. 무수히 많은 날 중 슬픈 날만 있겠는가. 눈부시게 아름다운 날이 더 많을지는 아무도 모른다.

지저분함에서 오는
힐링이 있다

인스타그램을 보다 보면 괜히 반가워지는 사진이 있다. 주로 빈틈이 찍힌 사진들. 빈틈이 보이는 사진은 찍은 이가 대놓고 찍은 경우가 대부분이다. 그러니까 잘 나온 부분만 확대하거나 크롭하지 않은, 그런 걸 굳이 숨기지 않는 사진들. 나도 처음에는 세련되거나 예쁜, 화려하거나 남들이 부러워할 만한 것들을 주로 찍고 그것도 모자라 필터를 통해 좀 너 '화장'을 시킨 다음 사진을 업로드했다. 하지만 요즘에는 필터는 고사하고 오히려 더 있는 그대로를 찍어 올린다. 왠지 그게 더 있어 보인달까? 여기서 '있어 보인다'의 의미는 그런 것에 연연하지 않는다는 뜻 정도겠다.

최근 〈효리네 민박 시즌 2〉가 시작되었다. 아이를 일찍 재운 날에는 본방을 보지만 그러지 못한 대부분의 경우에는 다시보기를 한다. 이때는 주로 늦은 저녁으로 라면을 먹는다. 효리네 민박이 인기 있는 이유 중 하나는 리얼리티다. 사람들은 당대 톱스타였던 '이효리는 어떻게 살까?'를 궁금해하며 예의 주시한다. 시즌 1때 드러났던 것처럼 이효리 이상순 부부는 너무나 자유롭게 살고 있다. 말이 좋아 자유롭게지 조금 지저분해 보이기도 한다. 일단 커다란 개 네댓 마리가 늘 집에 있다. 아니집 안에만 있는 게 아니라 집과 마당을 왔다 갔다 한다. 거실 바닥을 굳이 클로즈업해보지 않아도 그 상태가 훤하다.

고양이는 또 어떻고. 한 마리의 고양이를 키우는 나로서는 정말 내 입으로 털이 들어가는 것처럼 느껴질 정도다. 그런 고양이들 중 늘 한두 마리는 반드시 식탁 위에 올라가 있다. 물론 동물을 키우는 것만으로 그들의 청결 상태를 이러쿵저러쿵 할 생각은 없다. 정리되지 않은 채 쌓여 있는 온갖 물건들과 인테리어 콘셉트를 찾아볼 수 없이 생활에 집중해버린 살림살이들은 오히려 마음에 든다. 치우지 않은 채 계속 쌓여가는 잡동사

니들이 우리 집과 다르지 않아 괜히 좋다.

남들은 깔끔하게 정돈된 인테리어나 미니멀리스트의 살림 (거의 뭐가 없는)을 보며 역으로 힐링을 경험한다고 하지만 난 그렇지 않다. 정신없이 어질러진 거실과 주방을 볼 때면 마음이 확 놓여버리고 만다. 어제 방영된 회차에서는 아주 잠깐 그녀의 냉장고 내부가 비춰졌는데 그게 또 그렇게 위안이 되더란 말이다.(무슨 변태도 아니고) 김이 다 빠져버린 것 같은 1.5리터 사이다 페트병을 비롯해 각종 밀폐 용기들이 정신없이 놓여 있고 봉지 봉지마다 뭐가 가득하다. 순간적으로 나는 이렇게 내뱉고 말았다.

"이효리도 저렇게 사는구나."

어쨌거나 이 모든 게 깔끔하게 치우지 못하고 늘 청소를 미루는 나에 대한 합리화에 지나지 않겠지만 그래도 좋은걸.

얼마 전에는 우리 집 아래층에 사는 아들의 친구 집에 놀러 갔다. 금요일 저녁 두 집 남편들은 약속이 있어 늦는다고 했고 우리들은 치킨을 시키고 떡볶이를 만들어 먹으며 일주일의 피로를 수다로 풀었다. 두 달 차이로 아이를 낳았고 두 녀석 모두 아들. 이런 인연도 쉽게 만들 수 있는 게 아닌지라 서로가 편하게 지내고 있다. 하지만 정식으로 초대받아 놀러 간 건 이번이 처음이었다. 나는 긴장 아닌 긴장을 했다. 이유인즉 인스타그램으로 미리 본 그녀의 집은 아기자기하고 트렌드에 따른 인테리어 감각으로 부러움을 사기에 충분했기 때문이다. 실제로는 얼마나 예쁘게 살고 있을지 우리 아이가 괜히 친구 방을 보고 부러워하는 건 아닐지 괜한 걱정을 하기도 했다. 그렇게 현관문을 열고 들어선 아랫집 거실에는 일단 아이 장난감이 수두룩하게 널브러져 있었다. 음… 우리 집과 별 차이 없군,이라고 생각한 나는 미리 사온 맥주와 딸기를 보조 식탁에 내려놓으며 자연스럽게, 동물적 눈초리로 주방을 넘어봤다. 구석구석 박혀 있는 과자 봉지며 한 차례 타이밍을 놓친 설거지거리와 다소 어지럽게 걸려 있는 국자, 주걱 그리고 뚜껑이 반쯤 열린 냄비들이 왠지 반가웠다. 빈틈없을 것 같았던 그녀의 살림살이도 나와 같았다! 아이 둘이 정신없이 이 방에서 저 방으로 분주히 뛰어다니는 사이 우리는 거실에 작은 밥상을 펴고 치킨과 그녀가 직접 만들어준 떡볶이를 냄비째 놓고 맛있게 먹었다. 그러던 중에 아이가 쉬가 마렵다고 했고 이번에도 자연스럽게 그녀의 욕실을 들여다볼 수 있게 되었고 또 한번 마음이 편안해짐을 느꼈다.

•
•
•

사람 사는 게 다 거기서 거기란 말이 있다. 물론 거기서 거기인 채로 살지 않는 사람도 있겠지만 살면 살수록 겪으면 겪을수록 우린 다 비슷하게 산다는 걸 알게 된다. 〈효리네 민박〉과 더불어 다양한 리얼리티 프로그램이 인기를 얻는 이유 중 하나가 바로 이런 게 아닐까. 저 사람도 나처럼 싱크대 구석에 음식물 쓰레기를 모아두네? 저 연예인도 나처럼 선반 위가 지저분하구나. 그들도 나처럼, 저 사람도 나같이, 사.는.구.나.

 실제로 나는 그런 걸 보고 겪으면서 살림에 대한 부담과 강박을 많이 내려놓았다. 사람들은 보여지는 것에 열중하기도 하지만 나처럼 대충 살기도 한다. 먼지 한 톨 없이 사는 것도 쾌적한 삶이겠지만 그렇지 않다고 해서 지구가 망하는 일도 아니니까. 고양이 털에 유독 민감했던 나는 퇴근이 늦어져 청소기를 못 돌리는 날은 왠지 찝찝해서 잠도 잘 오지 않았다. 하지만 〈효리네 민박〉에서 그것을 대수롭게 여기지 않고 살아가는 모습을 보면서 일주일에 청소기를 한두 번(주말 포함) 돌리는 것에 만족하며 살고 있다. 이제는 털과 먼지가 있는 거실 바닥에 아이가 뒹굴어도 괜찮다. 그리고 사실, 내 예상보다 털이 많이 묻지도 않더라.

 마지막으로 내가 최애하는 책 중 하나인 제니퍼 매카트니의

《나는 어지르고 살기로 했다》의 한 문장을 읊으며(지저분함에 대한 주옥 같은 글이 너무 많기 때문에 하나를 고르기 힘들었다) 끝을 맺겠다.

"조금 더 어지르고 사는 대가로 맛볼 수 있는 달콤한 이익을 생각해라."

그러니까, 미안하지만 이게 자연스러운 거다.

포기하지 말자, 우린 아름다워질 수 있다

책의 양 날개를 팔로 눌러가며 책을 읽는 사이 오른쪽 엄지 손톱을 왼쪽 엄지손톱으로 계속 긁어냈다. 2주 전에 한 젤 매니 큐어를 뜯어내고 거스름이 남았는지, 까끌까끌한 게 계속 손이 갔다. 단단하게 굳어 긁히지 않고 오래 지속되는 젤 매니큐어 는 좀 비싸다는 단점이 있다. 바른 후 2주쯤 지나면 매니큐어와 손톱 사이에 미세한 공간이 생기면서 들뜨기 시작하는데 그걸 못 참고 나는 꼭 손으로 떼어낸다. 종잇장처럼 약한 손톱에 치 명적임에도 불구하고 또 하나의 손톱이 되어버린 젤 매니큐어를 떼어낼 때의 쾌감 때문에 매번 같은 과정을 반복했다. 하지만 뜯어내고 난 뒤에는 지금처럼 손톱의 얇은 겉 표면이 뜯겨 거칠어진다. 샵에 가서 네일 아티스트의 도움을 받아 약품으로 녹이거나 긁어내지 않아서 그렇다.

젤 매니큐어를 하게 된 건 그리 오래되지 않았다. 늘 일반 매니큐어로 받다가 아이를 낳고 처음으로 손에 매니큐어를 바를 수 있게 된 날, 과감히 전과 다른 투자를 했다. 과감한 투자라고 했지만 사실 일반 매니큐어는 버티지 못할 만큼 집안일이 많아 젤 네일로 받을 수밖에 없었다. 아이가 있을 때와 없을 때의 집안일 차이는 거의 5배 이상이라고 보면 된다. 일반 매니큐어라면 3일 이상은 버텨내지 못할 양의 집안일이다.

20대 초반부터 바르기 시작한 매니큐어는 그때만 해도 네일 샵에 가지 않고 직접 바르는 경우가 더 많았다. 그래서 내 방에는 기본 컬러는 물론 흔히 보기 힘든 컬러와 펄이 들어간 것부터 아주 작은 비즈가 들어간 것까지 다양한 매니큐어가 즐비했다. 당시만 해도 샵 부럽지 않은 제품 보유로 언니와 엄마에게 한심하다는 눈빛과 더불어 잔소리의 본거지가 되기도 했다. 주로 다음 날 중요한 약속이 있거나 기분 전환이 필요할 때 매니큐어를 새로 발랐다. 집으로 돌아오는 길, 버스정류장 앞 '더페이스샵'이나 '스킨푸드'에 들러 2천 원, 3천 원짜리 매니큐어를 사는 일 또한 작은 소비로 누릴 수 있는 일종의 스트레스 해소법이었다.

뭐든 하면 는다고 이것도 자주 바르다 보니 요령이 생겨 잘 모르는 사람이 내 손톱을 보면 네일샵에서 관리받은 건지 직접 바른 건지 티가 나지 않을 정도였다. 셀프로 할 수 있는 제품도 다양해서 손톱 옆에 바르는 오일은 물론 매니큐어를 바르기 전에 바르는 베이스나 컬러링을 하고 나서 바르는 탑코트, 그리고 큐티클 제거제까지 꽤 전문적인 방법으로 손톱을 관리할 수 있었다. 내 손톱에 대한 관심은 내가 제일 컸기 때문에 당시 사귀던 남자친구가 컬러가 바뀐 손톱을 알아봐주기라도 하면 더할 나위 없이 기뻤다.

하지만 이 모든 것 앞에 '부지런함'이 없다면 소용없었다. 잘 모르는 사람들은 네일받는 사람을 게으른 사람으로 단정 짓기도 한다. 자기 손을 누군가에게 맡기고 있는 모습이야말로 어른들이 보면 기함할 노릇이니까. 또 그렇게 작은 신체 일부에 뭔가를 치장한다는 게 잘 용납되지 않을 수도 있다. 하지만 반대로 네일을 관리하는 여자들이 보기에 관리받지 않는 사람들이야말로 게으른 사람에 속한다. 실로 이 작업은 근면이 필요하다. 직접 바르건 샵에 가서 관리를 받건 지속적으로 뭔가를 챙겨 한다는 건 바지런하지 않고는 할 수 없는 일이다. 샵에 가서 손만 내밀고 있는 게 무슨 부지런함이 필요한 거냐고 반박할 수도 있겠지만 예약을 하고 샵에 일부러 찾아가고 1시간 반 남짓한 시간 동안 양손을 내민 채 아무것도 하지 않고 있는 일은 적게 수고스러운 건 아니다. 손을 맡겨놓고 잘 수도 없는 노릇. 네일 아티스트와 가끔 수다를 떨며 스트레스를 푼다곤 하지만 퇴근하고 들르는 네일샵에서 수다를 떨어봐야 얼마나 떨겠는가. 개인적으로 그 시간에는 아무것도 하기 싫어진다. 손끝에서 행해지는 일련의 과정들을 지켜보는 것만으로도 피곤해지기 때문이다.

여름에는 손 말고도 발까지 관리해야 한다.(참 피곤하다) 매일같이 발가락이 훤히 드러나는 샌들을 신는데 밋밋하게 아무것도 바르지 않은 발가락은 감추고 싶어진다. 나로서는 밋밋한 발톱이야말로 게으름의 원상지 같아 보인다. 여름이 되면 자연스럽게 상대방의 발가락 패디큐어로 눈이 가는 건 어쩔 수 없는 여자의 본능일지도 모른다. 예전에 친구와 그런 얘길 한 적이 있다. 여자들은 할 게 너무 많다고. 앞서 말한 손발 관리는 물론이요, 여름이면 제모도 해야 한다. 겨드랑이는 물론 다리와 팔까지. 노출하는 모든 부위를 관리하지 않을 수 없는 것이다. 생각하니 벌써부터 피곤해진다. 뿐만 아니라 발뒤꿈치 각질도 관리해야 하고 몇 달에 한 번씩 헤어 케어도 받아야 한다. 더 나아가 요즘은 주기적으로 속눈썹까지 붙이는 여자들도 많다. 잘 모르는 이들은 그녀들의 모습이 모두 원래 그런 줄 알겠지만.

아무것도 하고 싶지 않을 때가 있다. 나는 결혼하고 애 낳은 뒤 이런 생각이 한 10배쯤 절실해졌다. 누가 뭐라 하든 말든 어떻게 보든 말든 아무것도 신경 쓰고 싶지가 않다. (이래서 아줌마가 된다는 건가?) 아이를 낳고 키우면서도 손 관리를 철저히 하는 사람들, 뭐라고 할 게 아니다. 그건 그 사람이 자기 관리 면에서 엄청 부지런하고 철저한 거다. 내가 살아보니 알겠다. 때로는 애 엄마가 저렇게 손에 돈을 쓴다고 못마땅한 표정을 짓는 이도 있지만. 꼭 돈이 많아서 관리받는 게 아니다. 앞에도 말했지만 스스로 케어할 수 있는 제품이 이미 즐비하다. 부지런하다면 적은 돈으로 얼마든지 관리할 수 있는 세상이다.

포기하지 말자. 작은 것이라도 놔버리기 시작하면 끝을 감당하기 힘들다. 우린 더 아름다워질 수 있다!

괜찮은 사람이 아닌 건 아니지만
괜찮은 사람인 척하는 게 지겹다

내가 다니는 회사는 출근 시간을 내 맘대로 선택할 수 있도록 8시 9시 10시 11시, 이렇게 네 개의 출근 시간대가 있다. 그러니까 원하는 시간에 출근하되 퇴근을 그만큼 늦게 또는 빨리 하면 되는 탄력 근무제다. 나 같은 워킹맘에게 매우 좋은 복지 제도다. 평소 나는 8시 출근해 5시 퇴근을 하는데 오늘은 회사 근처에서 저녁 7시 반에 약속이 있어 2시간 늦게 출근했다. 그러니까 10시 출근 7시 퇴근으로.

2시간 늦게 탄 지하철은 좀 한산할까 싶었지만 그 시간에도 지하철은 붐볐다. 맞다. 남편과 아이들을 회사, 학교로 보내고 아주머니들이 볼일 보러 나가는 그 시간대다. 그래도 왠지 모르게 마음에 여유가 좀 생겨 느긋하게 책을 읽고 있는데 8시 출근일 때는 못 만나던 지하철 상인을 마주쳤다.

매번 물건을 사지는 않더라도 뭘 파는지 궁금해지기 마련이다. 오늘의 물건은 지하철에선 처음 접하는 것이었는데 그게 바로 각질제거기. 각질제거기를 흔들며 이쪽으로 유유히 걸어오는 아저씨가 이렇게 소리쳤다.

"이거 광고에 나오는 겁니다. 지금 TV에서 광고하고 있는 거예요."

실제로 광고하는 각질제거기와 포장까지 매우 흡사했지만 같은 제품일 리 없었다. 이윽고 통로 가운데 자리를 잡은 아저씨는 어디선가 플라스틱 페트병을 꺼내더니 면도기처럼 생긴 그 각질제거기로 페트병 표면을 갈기 시작했다.

"발을 물에 불릴 필요가 없습니다. 그냥 이렇게 갈아주세요. 힘들일 필요도 없어요. 그냥 이렇게 갖다 대기만 하면 됩니다. 어때요? 하얗게 가루 날리는 거 보이시죠?"

눈부신 아침 10시의 햇살이 환상의 빛처럼 차창 안으로 비춰들며 하얀 가루가 잠시 공간을 부유했다.

가을부터 겨울, 아니 길게는 봄까지. 말하기 좀 부끄럽지만 난 발 각질 때문에 스트레스가 좀 많은 사람이다. 이게 살짝 유전적인 영향도 없지 않은데 친정엄마와 외할머니도 발 각질 때문에 고생 좀 하셨다고 한다. 매번 로션을 바르고 오일을 발라줘도 초강력 건조함이 그 모든 걸 빠르게 흡수해 금세 갈라지고 각질이 일어났다. 그러던 나는 스위치를 켜고 돌돌돌 갈기만 하면 되는 이 각질제거기를 꼭 갖고 싶었는데 시중에서 4, 5만 원 하는 적지 않은 가격 탓에 선뜻 사기가 망설여졌다. 근데 마침 이 아저씨를 만나게 된 것.

이건 운명일지도 몰라,라고 생각하면서도 사람들의 집중이 두려운 걸까, 선뜻 용기가 나질 않았다. 설명을 다 마친 아저씨는 새 제품을 몇 개 들고 통로를 왔다 갔다 하며 "필요하시면 말씀하세요"라고 했지만 난 말할 수 없었다. 심지어 그 제품을 만 원도 아니고 5천 원에 팔고 있었는데 말이다. 성능을 보장할 순 없지만 5천 원어치만 써봐도 되지 않을까 싶은 마음에 살까 말까, 내적 갈등을 심하게 겪고 있는 사이, 한 아주머니의 팔이 사람들 틈을 비집고 통로로 쑥 들어오며 "여기 하나 주세요"라고 나직이 외치는 소리가 들려왔다. 바로 내 근처였는데, 기회는 지금인데! 꿀 먹은 벙어리 모양으로 내 입은 굳게 닫혀 있고 시선은 넘어가지 않는 페이지에 그대로 머물러 있었다.

　그러다 각질제거기를 한 개밖에 팔지 못한 아저씨는 다음 기회를 찾아 다음 칸으로 서서히 멀어져 갔다. 그런 아저씨의 뒷모습을 바라보며 '분명 집에 가서 켜보면 작동되지 않았을 거야, 그 아주머니는 속은 게 분명해'라고 자기 합리화를 시작했지만 모처럼 다가온 아까운 기회를 놓친 것 같아 손해 본 기분을 떨칠 수 없었다.

　그곳에서 한 손을 살짝 내밀며 "저도 하나 주세요"라고 해봤자 나를 기억하는 사람은 없을 텐데. 사람 많은 공공장소에서 젊은 여자가 이런 짝퉁을 사네,라고 할 사람은 없을 텐데. 저 여자는 각질이 얼마나 많길래,라며 눈살을 찌푸리는 사람도 없을 텐데. 설령 그런 생각을 한다고 한들 나랑 무슨 상관이람? 그건 그 사람 머릿속 사정이지.

　나는 얼마나 사람들에게(그것도 나를 알지도 못하는 사람들에게) 괜찮은 사람으로 보이고 싶었던 걸까? 속는 셈치고 한 번 사보면 어때서. 그렇게 마음을 졸이며 사지 못할 건 또 뭐란 말인가.

　5천 원인데! 심지어 지갑에 5천 원이 있었는데! 오히려 나를 알아보는 사람이 아무도 없는 그런 장소가 그렇게 의문스런 물건을 호기심 가득한 시선으로 사는 게 더 쉬웠을지도 모르는데.

아, 좀 지겹다. 괜찮은 사람인 척하는 것도. 하기야 그런 거 산다고 괜찮은 사람이 아닌 것도 아니지만. 나는 몇 살을 더 먹어야 남이 어떻게 생각하든 말든 내가 하고 싶은 대로 행동할 수 있는 사람이 될까? 남들 눈에 괜찮은 사람으로 보이는 건 내 인생에 어떤 의미를 주는 걸까. 그렇다고 삶이 더 윤택해지는 것도 아니면서. 어쩌면 남들 시선을 의식하지 않고 내가 하고 싶은 대로 하는 삶이 더 화끈하지 않을까?

짝퉁 각질제거기 하나 놓쳐놓고 오만 생각이 다 드는 아침이었다.

못할 거라는 두려움보다
반드시 끝난다는 사실만 생각하자

회사에서 맡은 업무가 조금씩 알려지면서 카피라이팅 강의를 종종 하게 되었다. 워낙 숫기가 없어 사람들 앞에 서는 걸 두려워하는 내가 말이다. 강의 하나를 끝낼 때마다 다신 안 하겠다고 다짐하지만 요청이 들어오면 또 한다. 최근에 외부 강의가 한 건 있었다. 지금 생각해도 아찔한 그날의 이야기를 하려고 한다.

강의는 오후 3시였고 장소는 강남이었는데 점심을 먹고 여유 있게 시간에 맞춰 지하철을 타고 갈 생각이었다. 그런데 갑자기 비가 많이 내려 점심 식사를 마치고 그냥 택시를 타고 이동하기로 했다. 그게 화근이었다. 합정역에서 선릉역까지 평일 오후니 넉넉히 3, 40분이면 갈 줄 알았다.(밖에 잘 안 나가는 집 순이의 판단이 그렇지 뭐) 하필 그날이 평일이지만 주말이나 다름없는 금요일이었고 합정과 선릉은 넉넉히 1시간 반은 잡아야 한다는 걸 몰랐으니. 소요 시간 예측만 잘못했으면 이렇게 강하게 기억에 남지도 않았을 것이다. 그날 수업 후 참관한 수강생들 중 10명에게 내가 쓴 책《사물의 시선》을 나눠주려고 10권을 챙겨갔는데, 택시 타기 전 역 앞 약국에 우황청심원을 사 먹으러 들렀다가 책이 든 쇼핑백을 놓고 나온 일도 있었다. 나는 책을 두고 왔다는 것도 까맣게 모르고 있다가 택시를 타고 20분가량 지났을 때 깨달았다. 아, 그때의 식은땀이란…. 비가 오니 정신없이 우산만 챙기고 쇼핑백은 약국 소파에 내려놓고 청심원을 마시느라 잊고 나온 것이다. 엎친 데 덮친 격으로 택시 내비게이션에 예상 도착 시간은 3시 10분이라고 나왔다. 2시 40분쯤엔 도착해서 강의를 준비하려고 생각했던 예상은 보기 좋게 빗나갔다.

겨드랑이에서 진땀이 나기 시작했다. 일단 택시 기사님께 최대한 빨리 가달라고 말하고 강의 담당자에게 전화를 걸어 도착

시간이 3시를 넘길 것 같은데 어떡하냐고, 뿐만 아니라 책을 약국에 두고 왔다고(이쯤돼선 그냥 울고 싶었다) 이실직고했다. 내 이야기를 들은 담당자는 일단 강의 시간은 10분 정도 늦춰보겠다고 말했고 책은 다음에 우편으로 보내달라며 차분한 음성으로 해결책을 제시했다. 약국에 전화해서 쇼핑백의 안부를 묻고 월요일에 찾으러 가겠다고 말한 뒤 전화를 끊었다. 안 그래도 외부 강의가 처음이어서 긴장되는 판국에 이중 삼중으로 난리가 났다. 전화를 끊고 속으로 망했구나,를 중얼대며 비 내리는 창밖을 망연자실하게 바라보았다. 그러나 난관은 거기서 끝이 아니었다. 택시를 타기 전 마신 소화제와 우황청심원이 탈이 난 건지 눈앞이 하얘지고 구토 증상을 동반한 멀미가 시작된 것이다. 빨리 가달라고 했으니 다시 천천히 운전해달라고 할 수도 없는 노릇이었다. 비가 들이치거나 말거나 창문을 최대한 열고 찬바람을 맞았다.

이대로 강의를 못하는 게 아닌가 싶은 생각마저 들었다. 정말 그때 그 컨디션이었다면 나는 병원을 가야 하는 게 맞았다. 발표의 악몽은 거기서 끝이 아니었다. 예상치 못했던 문제는 하나 더 있었다. 우여곡절 끝에 20분 늦게 강의실에 도착했고 부랴부랴 노트북을 켜서 발표 자료를 띄웠는데 연결 잭이 내 노트북과 맞지 않는 것이다. 그래서 어쩔 수 없이 PT자료를 담당자에게 이메일로 보냈고 그의 노트북에서 파일을 열었더니 폰트가… 세상에, 폰트가 굴림체로 뜨는 것이다. 디자인을 화려하게 한 건 아니지만 깔끔한 폰트로 준비한 시간이 굴림체와 행간이 어긋난 글자들을 보는 순간 와르르 무너졌다.

드라마에서나 볼 수 있던 최악의 하루였다. 무슨 정신으로 강의를 마쳤는지 알 수 없다. 어쨌든 시간은 흘렀고 끝이 났다. 다행히 강의를 주관했던 담당자들에게 많은 도움이 되었다는 후기를 들었고 강의가 끝나자 기다렸다는 듯 자신이 쓴 카피를 가져와 나의 의견을 묻는 직원들도 있었다. 금방이라도 바닥에 주저앉을 것 같았지만 간신히 걸어서 지하철역에 도착했다. 긴장이 풀린 탓인지 명치가 꼬이기 시작했다. 망쳤다는 생각에 홀가분함이 전혀 없었다.

예측 불허한 모든 상황에 이토록 예민한 내가 강의를 또 하겠다고 결정했다. 나는 요즘 밤마다 이불 킥을 날리며 결정을 후회하고 있다. 사실 처음 제안을 받았을 때는 10월 말경에 나올 예정인 나의 새 책 판매에도 도움이 될 것 같은 기대와 얼마간의 강의료 때문에 주저하면서도 하겠다고 했다. 하지만 하루

하루 날짜가 다가오는 요즘 같아서는 돈이고 뭐고 이렇게 걱정될 거였으면 왜 한다고 했을까, 내 판단이 너무 회한된다. 더군다나 강의 날짜가 보기 좋게 추석 황금 연휴 전과 후로 나란히 잡혀서 나는 이번 연휴를 단 한 순간도 마음 편하게 보낼 수 없게 되었다. 아마도 추석 특집을 보면서 매 시간마다 그 강의를 떠올리게 될 것이다.

강의를 하기로 결정하고 그 결정이 너무 후회되어 자못 심각하게 정말 못하겠다, 안 한다고 담당자에게 털어놓을까, 하고 남편에게 진지한 의견을 물었다. 그는 내 이야기를 듣더니 이렇게 말했다.

"그때 사내 강의할 때 당신 정말 달라 보였어. 내가 알던 이유미가 아니었다고. 이번에도 잘할 거야. 자신감을 가져."

물론 이 대답 속에는 내가 벌어들일 얼마간의 부수입이 바탕에 깔려 있다는 걸 모르지 않지만 그래도 그의 격려를 듣고 나니 40퍼센트 정도의 용기는 생겼다. 이미 하기로 한 일, 벌어진 사태, 어쩌겠는가? 내가 결정했지 남이 하라고 등 떠밀지 않았다. 이 판단에 후회를 하면 할수록 나는 더 위축될 것이다. 어쨌거나 나는 전문 강사가 아니고 여러분과 같은 직장인이다,라는 걸 강조하기로 마음먹으니 한결 부담이 줄었다.

사실 이 모든 건 나는 완벽하지 않다는 걸 인정하면 쉬운 문제다. 철저해지려는 욕심이 밤마다 이불 킥을 날리게 만드는 걸지도 모른다. 시간이 얼마 없다. 하루빨리 나는 완벽하게 강의를 끝낼 수 없다는 걸 인정하고 받아들이자. 분명히 얼마간의 실수도 있을 예정이고 반대로 '의외로' 잘해낼 수도 있다. 못할 것이라는 예측의 두려움보다 반드시 끝은 난다는 사실만 생각하자.

오늘은 반복되지 않으니 기록해놓아야 한다

　중학교 2학년 때부터 일기를 쓰기 시작했다. 하루도 빼놓지 않고 쓴 건 아니어서 대략 25권 남짓의 일기장이 집에 있다. 중간에 잃어버린 것도 있고 일기를 쓰지 않은 해도 있었을 것이다.(아마도 미니홈피나 블로그가 한창 유행이었을 때) 일기 쓰기의 매력을 일찍 알아버린 나는 책상에 작은 스탠드 하나 켜놓고 일기 쓰는 시간을 스스로 꽤 낭만적이라 생각하면서 하루를 마무리하곤 했다. 과거엔 책상에서 썼지만 요즘은 설거지를 마친 뒤 식탁에서 쓰거나 저절로 눈이 감기기 전 침대 머리맡에서 쓴다. 어릴 때는 학교에 관한, 짝사랑하는 선생님, 좋아하는 남학생, 뭐 그런 이야기가 대부분이었다. 학창 시절 몇 명의 단짝들. 그들과 보냈던 애틋한 시간은 물론 홀로 남겨져야 했던 시간, 그리고 다시 회복된 관계 등 할 얘기는 무궁무진했다. 일기는 대학교에 들어가면서 정점에 달했다. 아무래도 본격적으로 이성을 사귀게 되면서 스스로 할 얘기가 많았던가 보다. 나중에 이걸 읽을 때 어떤 기분이 들 것이란 걸 예감한 것마냥 자세하고 빽빽하게 적은 페이지들을 보면 새삼 시간의 무게를 느끼게 된다. 왜 그런지 모르겠지만 꼭 누가 볼 거라는 예상을 하고 썼던 것 같다. 그래서 일기에도 겉멋이 잔뜩 들어 있다. 들춰보기 싫어질 만큼 먼지가 더께로 쌓인 일기장들은 지금 서재 방 구석 상자 어딘가에서 나처럼 묵직하게 나이 들어가고 있을 것이다.

요즘은 하루에 두 개의 일기를 쓰고 있다. 하나는 육아 일기고 하나는 원래 쓰던 '나의 일기'다. 아이를 낳고는 확실히 일기 쓸 수 있는 시간이 상대적으로 줄었다. 일기장 한 권을 2년 넘게 쓰고 있으니 말이다. 육아 일기는 아이가 크는 속도를 직접 경험한 뒤 이 시간들을 그냥 보내선 안 되겠단 생각에 쓰기 시작했다. 단 한 줄이라도 좋으니 뭐라도 남겨야겠단 생각으로 아이 이름을 넣어 'OO의 오늘'이란 타이틀을 붙여 거의 하루도 빼놓지 않고 육아 일기를 쓰고 있다. '하루 이틀 사이에 언제 이렇게 큰 거지?'라는 생각이 들 만큼 어제보다 오늘 더 자란 아이를 보면 새삼스레 놀랍다. 어제와 다른 오늘의 뭔가를 찾아 거의 메모 수준의 일기를 쓰는 게 나의 육아 일기다. 순전히 아이가 많이 컸을 때 보여주고 싶은 마음이 크다. 아이는 자신이 엉금엉금 기고 아장아장 걸을 때의 모습을 모를 것이고, 사진보다는 글로 읽으면 또 다른 추억이 될 것이다. 사실 매일 쓴다는 게 쉽지 않지만 딱히 어렵지도 않다. 뭐라도 쓰면 되니까. 하다 못해 '오늘은 OO가 혼자 바나나를 쥐고 한 개를 다 먹었다'와 같은 내용도 좋고, '처음 '엄마'라는 단어를 정확히 발음한 날'이란 한 줄도 특별하다.

그리고 다른 하나는 원래 내가 쓰던 나의 일기다. 일기는 주로 화가 나거나 짜증이 나거나 너무 슬프거나 억울할 때 더 간절해진다. 그럴 때일수록 빨리 쓰고 싶어진다. 부모, 형제, 남편에게도 하지 못할 말들을 일기에 쏟아놓는다. 그건 나 자신에게 하는 말이나 다름없다. 그렇게 투덜거림으로 시작한 일기는 대부분 반성으로 끝난다. 이건 오래전부터 그랬다. 그래서 일기는 쓰면 좋다는 거다. 알 수 없는 내 안의 불안과 공포 그리고 두려움이 나도 모르게 회복된다. 한결 정돈된 마음으로 잠들 수 있다. 그건 다른 누군가의 도움도 아닌 나 스스로가 해결하는 거다. 순전히 글로 말이다.

아이가 글을 쓸 수 있을 때가 되면 반드시 일기 쓰기는 '강요'할 것이다. 방법이야 어떻든(그때 되면 일기장이라는 개념이 없어질지도 모르겠다), 하루를 적는 습관은 반드시 가르치고 싶다. 물론 나 또한 나이 들어 할머니가 되어도 일기 쓰기는 멈추지 않을 것이다. 얼마 전 친정 엄마 생신 선물로 일기장을 선물해 드렸다. 일기 쓰기가 치매에 탁월하단 기사를 읽기도 했고 젊었을 때 엄마의 일기장을 몰래 훔쳐봤던 기억이 났기 때문이다. '엄마가 다시 일기를 썼으면 좋겠어'라고 메모해 건넸더니 엄마도 '그럼 써볼까?'라며 좋아하셨다.

오늘은 반복되지 않기에 기록해놓아야 한다.

난
참 잘 내려놓았다

그런 시절이 있었다. '옷을 어떻게 안 입어보고 사?'라고 단정 짓던 때. 불과 십여 년 전인 것 같은데 요즘의 나는 그 반대다. 그러니까 오프라인에서 물건을 사기가 더 어려워진 것이다. 그만큼 매장에서 물건을 살 때 절제가 더 쉽다.

지난주 수요일, 점심 식사를 패스하고 반품할 청바지를 챙겨 회사를 나섰다. 얼마 전 자라(ZARA)에서 온라인으로 바지를 샀는데 막상 입어보니 생각했던 핏과 (한참) 달라 반품을 결정한 것.(178센티미터의 외국인 모델과 핏이 같을 거라 생각했던 내가 미쳤지) 자라는 온라인에서 구매한 뒤 마음에 안 들면 가까운 매장에서 직접 환불과 교환 처리가 가능한데 합정에 위치한 회사와 자라 홍대점이 가까워 두어 번 반품한 경험이 있다. 택배로 반품할 물건을 부치고 환불 처리를 기다리는 것보다 훨씬 편했다. 나는 이 시간을 살짝 즐기기까지 했는데 그 이유는 다른 물건도 직접 볼 수 있는 기회가 주어지기 때문이다. 핑계 삼아 가서 아이 쇼핑도 할 수 있고 일석이조였다. 근데 문제는 이렇게 반품하러 갔을 때가 막상 온라인으로 물건을 구입하는 것보다 더 어렵고 진지하다는 것이다. 이제 실물을 보고 사는 게 더 어려워졌달까?

그날도 바지를 반품 처리하고 어쨌든 바지를 사려고 마음먹었던 5만 9천 원이 공중에 떠버렸으니 다른 것도 좀 둘러볼까 하여 매장을 천천히 돌았는데 온라인에서 멋진 외국 모델이 입고 들고 신었던 상품이 실제 눈앞에 있으니 괜히 반가운 마음까지 들었다. 실물을 보고 싶었던 가방이나 구두는 실제로 메보고 신어보니 확실히 사야 할 물건인지 필요 없는 물건인지(대부분이 필요 없지만) 구분이 되었다. 몇 개의 가방을 거울 앞에서 둘러 메보다가 단호하게 제 위치에 내려놓고 왠지 가벼운 마음으로 매장을 나섰다.

아무것도 사지 않아 괜히 홀가분해진 마음으로(왜 홀가분한 지는 모르겠으나) 사무실에 들어가다가 시간이 좀 남아서 서점 에 들렀다. 그런데 그 자제력이란 게 오프라인 서점에서도 통 했다. 나는 주로 온라인으로 책을 주문하는데, 어디선가 추천하 거나 재미있단 이야기를 들은 책은 그때그때 장바구니에 담아 놓고 한꺼번에 네다섯 권씩 몰아서 주문한다. 그런데 아이러니 하게도 서점에서 책을 직접 펼쳐보고 심지어 내용을 몇 장 읽 어본 책은 내려놓기가 쉬웠다. 책도 충동구매를 적지 않게 하 는 나로서는 참 희한한 일이다. 심지어 온라인 서점 장바구니 에 담아놓았던 책도 실제로 펼쳐보고선 사지 말아야지, 하고 단념했으니 무슨 조화란 말인가.

이번에도 마찬가지로 아무것도 사지 않고 서점 문을 밀고 나 오며 생각했다.

'이제 난 온라인 구매에 최적화되었구나…'

예전에는 옷뿐만 아니라 잡화는 물론 책도 반드시 펼쳐보고 몇 장 읽어봐야지 살 수 있었다. 하지만 요새는 SNS에서 드라 마틱하게 책을 홍보하는, 스토리가 있는 광고를 보고서야 구입 하게 된다. 내 판단에만 의존하기보다 누군가 추천해줘야 사기 가 수월해진 것이다. 신발이나 가방도 그렇다. 오프라인에서 보고 인터넷으로 다른 사람의 후기를 반드시 체크해야 안심이 된다. 그렇게 하지 않으면 뭔가 손해 볼 것 같은 기분마저 든다. 마트에서 장보기는 또 어떤가? 라면이나 참치캔 같은 인스턴트 음식은 둘째치고 파, 두부, 달걀 같은 식물성 상품은 반드시 내 손으로 확인하고 그 신선도를 눈으로 봐야 구매가 가능할 거라 생각했지만 이젠 오징어 같은 생물도 인터넷으로 쉽게 주문한다. 인간은 적응하는 동물이라더니 어느샌가 만져보고 사는 것보다 누군가 대신 입어보고 신어보고, 후기나 추천을 들려줘야 사는 것에 길들여진 모양이다.

일명 동대문표 티셔츠라 불리는 옷이 있다 치자. 똑같은 옷이 매장 옷걸이에 걸려 있는 것과 온라인에서 모델이 입고 다양한 곳에서 이런저런 포즈를 취해본 것 중 어느 것에 구매욕이 더 상승하는가, 당연히 후자다. 그만큼 후가공을 많이 했기 때문일지도 모르지만 온라인 구매에 완전히 길들여졌단 뜻이기도 하다. 매장에서는 "다음에 또 올게요"가 쉬운 반면 장바구니에 담아둔 옷은 결국 질러야 잠들 수 있다.

일시적인 멋부림보다
내 몸에 익은 자연스러움이
나를 더 돋보이게 한다

글씨가 잘 써질까 싶어 부드러운 펜을 샀다. 노트 위에서 너무 잘 미끄러져 오히려 글씨가 제대로 써지지 않았다. 어떻게든 예전처럼 글씨를 잘 쓰고 싶었다. 요즘 나는 내 글씨체가 너무너무 마음에 안 든다. 우연하게 동료와 손 글씨에 대한 이야기를 하다가 안되겠다 싶어 인터넷 서점에서 펜글씨 교본을 주문했다. 이렇게까지 해야 되나 싶었지만 뭐라도 해보고 싶었다. 팔과 손을 움직여 제대로 써보고 싶은 욕망이 가장 컸다. 키보드를 두드려서 찍는 텍스트가 아니라 반듯한 자세로 펜을 손에 쥐고 노트에 한 글자씩 써 나아가는 행위. 바르고 정갈하게 써 내려간 노트 한 바닥을 보고 쾌감을 느끼고 싶었다.

5, 6년 전 한창 배종열, 공병각 등 캘리그라퍼의 인기가 시작되던 때 TV 광고며 각종 매체에 손글씨 폰트가 유행이었다. 덩달아 나도 캘리그라피에 대한 욕심이 생겨 주말을 이용해 학원을 다녔다. 당시 내 주 업무이던 편집 디자인에도 잘 녹일 수 있을 것 같았고 무엇보다 어디 가서 캘리그라피 좀 배웠다라는 이야기를 하고 싶었는지도 모른다. 평일엔 직장에 가고 주말 아침에 하루 4시간씩 수업을 듣는 일은 만만치 않은 고행이었다. 어쨌거나 4개월 코스를 끝내고 수료장도 하나 받고 붓이나 펜을 이용해 웬만큼 흉내는 낼 수 있는 수준이 '만들어졌'다.

하지만 요즘은 그때 캘리그라피를 배운 것을 후회하고 있다. 당시 배운 필력으로 책도 만들고 웹 페이지나 공모전에도 사용하는 등 여러 콘텐츠에 응용해 주변 사람들로부터 칭찬도 듣고 부러움도 샀지만 지금은 뭔가 나만의 글씨체가 없어진 것 같아 아쉬운 마음이 더 크다. 캘리그라피라는 게 글씨를 디자인하는 것이니만큼 노하우를 배우는 거라 그 안에서 자기만의 개성을 찾는다면 더할 나위 없이 좋겠지만 나는 기존에 좀 쓴다 하는 캘리그라퍼의 글씨를 흉내 내기에 급급했다. 당시에는 그렇게 쓸 줄 아는 사람이 흔치 않다 보니 내가 가진 능력이 돋보였다면 이제는 그 밥에 그 나물처럼 식상해졌다. 그 과정에서 나는 내가 원래 어떻게 글씨를 썼었는지 방법을 잊었다. 캘리그라피와 일반 노트 작성의 필기는 엄연히 다른데 캘리하듯 노트에 글씨를 '그리다' 보니 뭔가 어설프고 난잡해졌다. 어떻게 봐도 잘 썼다고 할 수 없는 글씨가 적힌 노트를 보면 짜증이 났다. 좀 천천히 차분히 제대로 쓰고 싶은데 손이 먼저 앞서 나가 글씨를 망치고 있었다.

은유 작가의 《쓰기의 말들》이란 책에 보면 이런 얘기가 나온다.

"글 잘 쓰는 사람이 멋있어 보여서, 악기 메고 다니는 게 폼 나서, 그림을 그리면 남들에게 인정을 받아서 시작할 수는 있어도 계속할 수는 없다. 작가로서의 자의식은 어설픈 제스처 차원이 아니다. 외면의 연기를 넘어선 내면의 요청이다."

결국 나는 어설픈 제스처를 취한 것밖에 되지 않았던 깃이다. 그러니 시작할 수는 있었지만 계속할 수 없었고 결국 본래 내가 가진 것조차 무너지고 마는 결과를 얻게 되었다.

'겉멋'만 잔뜩 든 글씨. 특히 'ㅁ'이나 'ㄹ'이 가장 엉망이었다. 이 받침이 캘리그라피를 할 때 가장 '멋' 낼 수 있는 받침이다. 일기 쓰는 걸 좋아했지만 글씨가 잘 써지지 않으면서 쓰는 것에 스트레스를 받았다. 글씨가 이상하니 내용도 맘에 들지 않았다. 무슨 말을 하고 싶은 걸까 요점도 읽히지 않았다.

처음부터 다시 시작하는 것도 하나의 방법이다. 캘리그라피를 배우기 전으로 돌아가 초등학교 1학년 아이가 고사리 같은 손으로 연필을 쥐고 가, 나, 다, 라를 쓰는 심정으로 차분히 써 내려가고 싶다. 어떤 배움은 그것을 깨우치지 못했을 때보다 나음이 없을 수도 있다는 걸 알았다. 배움의 종류와 정도의 차이가 있겠지만 배우는 과정에서 잘못된 인식의 탓도 무시할 수 없을 것이다. 멋을 부리려고 배웠으니 오래가지 못하는 게 당연한 것. 일시적인 멋 부림보다 내 몸에 익은 자연스러움이 나를 더욱 돋보이게 한다.

~~~~~~~~~~~ 나를
과대평가하며 살았다

아침 6시 5분에 맞춰놓은 휴대폰 알람이 울렸지만 알람을 끄고 5분만 더 자야지, 한 게 눈 떠보니 6시 36분이었다. 우리 회사는 오전 11시 전까지는 지각이 아니다. 어쨌거나 지각은 아니지만 일찍 가면 그만큼 일찍 퇴근할 수 있어서 나는 매일 8시에 출근해 5시 퇴근을 목표로 하고 있다. 그날은 내가 늦잠을 잤으니 일단 남편을 깨우고 아이를 준비시켜 어린이집에 보낸 뒤에 출근하기로 했다.

거의 그런 일이 없는데 그날은 알람을 끄고 잠깐 잠든 그 사이 뒤숭숭한 꿈을 꿨다. 얼마 전 어느 공모전에 글을 냈는데 그날이 발표 날이었다. 며칠 전부터 나는 계속 긴장하고 있었다. 끝내 꿈까지 꾸다가 평소보다 늦게 일어날 만큼 말이다.

솔직히 엄청 기대했다. 내가 그 공모전을 정식 문학 공모전으로 생각하지 않아 더 그랬던 모양이다. 만만히 본 탓에 보기 좋게 낙방. 이 정도는 참가상이지라고 생각한 분야별 100명에게 주는 순위에도 들지 못했다. 초반에는 본상을 욕심냈고 그 뒤로는 가작이나 입선은 하겠지,라고 생각했는데 그마저도 수상자 명단에 없었다. 사실 이 공모전은 지난 5월부터 10월까지 장장 5개월 이상 준비 기간이 있던 공모전이었고 나는 뒤늦게 마감 2주 정도를 남겨놓고 한번 내볼까? 해서 부랴부랴 써서 냈다. 준비 기간이 짧았다는 핑계를 대자는 건 아니다. 솔직히 그 공모전을 목표로 준비만 하지 않았다 뿐이지 평소 꾸준히 글을 써왔기 때문에 그에 못지않은 과정을 거쳤다고 자부했다.

출근해서 해당 홈페이지에 접속해 공지사항을 체크하니 아직 발표 전이었다. 두 손을 쓱쓱 비비며 10분 간격으로 해당 사이트를 새로 고침했다. 10시쯤 되어서 수상자 리스트가 떴다. 내 이름은 거기 없었다. 드라마처럼 눈을 몇 번 더 깜박인 뒤 안경을 끼고 다시 리스트를 훑었다. 있는데 안 보일 리 없지 내 이름인데, 역시나 없었다. 화가 나서 나도 모르게 마우스를 책상에 쾅, 하고 내리쳤다. (그렇다, 어이없게도 화가 났다) 그러자 조금 정신이 차려졌다. 공모전에 글을 낸 사실을 알고 있는 유일한 사람인 남편에게 결과를 알렸다. 그 또한 실망한 기색이 역력했다.(농담으로 상금을 타면 사주겠다는 오토바이 때문은 아니리라) 그는 애써 나를 위로했지만 하나도 위로되지 않았다. 끝까지 징징거리는 나에게 그는 받아들이라고, 이것만 보고 몇 개월 달려온 사람도 있는데 너는 아니지 않냐고 일침을 가했다. 그러자 수긍이 됐다.

　그날 저녁 나와 공동 육아를 하고 있는 친정 엄마가 며칠째 소화가 잘 되지 않는다고 퇴근 후 죽을 좀 사 오란 어명이 떨어졌다. 가뜩이나 그날은 출근을 늦게 해 퇴근이 늦어졌는데 그만큼 친정 엄마가 아이를 돌보는 시간이 늘어 안절부절이었다. 지하철에서 자주 가는 죽집에 미리 전화를 걸어 녹두죽을 주문했다. 15분 후 지하철역에서 빠져나와 바로 앞에 있는 죽집에 가서 포장된 죽을 받아들었다. 택시에 올라 타 목적지를 말하고 나니 허벅지 위에 올려놓은 따뜻한 죽의 온기에 온종일 나를 괴롭혔던 자기기만이 누그러지는 걸 느꼈다. 나는 남들이 생각하는 나보다 나를 더 과대평가하고 살았다. 살면서 적당히 고만고만하게 살아온 탓에 거의 실패란 걸 해본 적이 없었다. 그 안에서만 평가받고 그래서 남들보다 조금, 아주 조금 나은 것뿐인데(사실 나은지도 모르겠다) 대단히 잘난 것처럼 생각하고 살아온 것이다. 이게 다 칭찬을 너무 많이 들은 탓이다. 예의상 했을 칭찬도 온전히 내가 다 잘나서 그런 줄 알고 산 탓이다. 그러자 여태 내가 공개적으로 써 온 글들이 모두 창피하게 여겨졌다. 처음엔 화가 나더니 슬슬 쪽팔리기 시작했다.

소설가 장강명은 공모전에는 상당한 운이 따른다고 했다. 어쨌거나 심사위원이 사람이고 그 사람의 취향과 스타일이 반영되지 않을 수 없는데, 심사위원의 취향과 다른 글이 떨어지는 건 당연한 결과 아니겠냐고. 그만큼 심사위원과 나의 케미도 중요한 것이다. 물론 여러 사람이 심사를 보기 때문에 그들의 의견이 합의된 시점에 최종 결과가 만들어지겠지만 운이 절대적으로 필요한 건 맞다고. 그렇다고 내가 운이 없어서 떨어졌다며 상처를 가벼운 반창고로 덮고 싶진 않다. 이게 내 실력이구나, 하고 조금 더 냉정히 바라보는 계기가 됐으면 된 거다.

글을 내면서 수상에만 집중한 건 아니다. 하나의 글을 완성해서 냈다는 것만으로도 충분히 값지다고 생각했다. 내 노트북에는 끝을 맺지 못한 글이 너무 많기 때문이다. 어쨌거나 내가 써보고 싶은 소재로 완성된 하나의 글을 써봤으니 값진 경험을 한 건 사실이다. 2만 명 중에 100등 안에도 못 들었다는 사실이 불쑥불쑥 나를 열받게 하지만 말이다.

2장

눈치는 생략하고,
당당하게 요구한다

나
혼자 산다

　　사회 초년생 시절 직장 생활을 약 2년가량 했을 때 나는 독립을 결심했다. 뭔가 비장한 마음이 있었냐 묻는다면, 그건 아니고. 당시 우리 집에는 언니네 식구, 그러니까 형부와 언니, 조카와 친정 엄마, 나 이렇게 다섯이 함께 살았다. 무리를 해서 함께 살게 된 이유는 맞벌이하는 언니 부부를 대신해 엄마가 조카를 봐줘야 했기 때문이다. 조카가 어릴 때는 상관없었지만 아이가 점점 커가면서 자신의 방을 요구하기 시작했고 검사겸사 회사도 좀 멀다 싶었던 내가 집을 나가기로 결정했다.

설렜다. 학창 시절 기숙사 생활 같은 것도 안 해본 내가 처음으로 혼자 살게 된 거였다. 두근거리는 마음으로 점심시간마다 짬을 내 회사 근처 부동산을 돌며 집을 보러 다녔다. 미안한 마음에 언니가 돈을 좀 보태주기로 했지만 내가 워낙 모아놓은 게 없다 보니 2천 5백만 원으로 전셋집을 구하기란 만만치 않았다. 월세 살 형편은 안될 것 같아 어떻게든 전세로 찾아보려 옥탑방까지 뒤졌으나 옥탑방도 3천만 원은 가져야 구할 수 있었다. 이렇게 나의 독립은 무산이 되는가 싶을 때쯤 우연히 회사에서 3분 거리에 딱 내가 찾는 가격대의 전셋집이 나온 걸 발견했다. 부동산에 미리 전화해 점심시간에 집을 보러 가겠다고 말해놓았다. 부동산은 회사 건물 바로 뒤에 위치해 있었고 사장님도 매일 오며 가며 마주치던 낯익은 얼굴이었다.

화창한 6월의 점심시간. 부동산 아저씨를 앞세워 언덕을 올라 집을 보러 갔다.

"총각 혼자 5년을 살던 집이에요. 집주인이 지방에 살아서 전세 가격도 한 번도 안 올렸는데 이번에 총각이 이사 가면서 5백 올려 내놓은 거예요."

제법 가파른 언덕을 낑낑거리며 오르는 동안 투철한 직업 의식을 가진 부동산 사장님은 그 짧은 시간에 꽤 많은 정보를 일러주셨다. 복잡한 골목을 거슬러 올라 계단 몇 개를 더 오르니 곧 부서질 듯한 철문이 나왔고 두려운 마음으로 손잡이를 돌렸을 때 내 앞에는 '한낮인데 어두운 방'이 열리고 있었다.

"여기가 현관 쪽에선 1층인데 안방 쪽에선 반지하예요. 그래서 좀 싸."

그러니까 집이 어떻게 됐다는 거지? 아무튼 집은 굉장히 어두웠고 나는 벽에 손을 더듬어 불을 켰다.

'그래. 낮에는 거의 회사에 있을 테고 밤이나 돼야 집에 돌아오는데 햇빛 좀 안 들면 어때.'

이런 단순한 생각과 독립의 꿈을 접을 수 없다는 욕망으로 그 집을 덜컥 계약해버렸다.

남자 혼자 5년을 살았던 반지하 전세방은 상상 이상으로 더러웠다. 집주인과 합의해 도배장판을 새로 했고, 싱크대에 시트지도 붙이고 욕실 거울도 꾸며 제법 사람 사는 집처럼 만드는데 3개월이 걸렸다. 그렇다고 해도 행복했다. 혼자 사는 집에 대한 로망, 누구에게나 있기 마련이니까.

그렇게 본격적으로 '나 혼자 산다'가 시작 됐고… 나는 시나브로 시들어가고 있었다. 그건 말 그대로 시든다는 표현이 딱 맞았다. 사람에게 빛이 얼마나 중요한지 그때 처음 깨달았다.

나는 그 당연한 사실을 간과하고 있었다.

어느 날은 팔뚝과 다리에 낯선 반점들이 보이기 시작했다. 이게 뭐지? 어디가 고장 난 건가? 싶은 찰나, 엄마가 반찬을 가져다주겠다며 들르셨고 내 몸에 생긴 수상한 반점을 보고 광합성을 못해서 생긴 거라고 단정 지었다.

당시 나는 사귀는 사람이 없어 주말이고 평일이고 대부분 집에서 시간을 보냈다. 그러니까 낮에 집에 있는 시간이 뭐 그리 많겠나 싶었지만 매일 집에만 있는 집순이였던 것이다. 그 집은 희한해서(사실 어두워서) 계속 잠이 왔다. 한낮에도 형광등을 켜지 않으면 늘 저녁 7시 같았다. 현관문을 열어놓으면 그나마 괜찮았지만 여자 혼자 살면서 현관문을 활짝 열어놓을 순 없었다. 그 당시에는 하필 서울대 근처에 여자 혼자 사는 집만 찾아다녀 날다람쥐라고 하는 성폭력범도 뉴스에 오르락내리락하던 참이었다.

안방 창문을 열면 옆집의 거대한 벽돌 벽이 마치 나를 짓누르듯 무섭게 서 있었다. 한 번은 친구가 놀러와 밤새 수다를 떨다가 하룻밤 자고 간 적이 있었는데 오전 11시가 되어도 깜깜한 방을 보며 "여기 뭐야?"라고 두려운 듯 말해 살짝 민망했던 기억이 있다. 그 집에서는 딱 1년을 살고 이사했다. 물론 이사

한 이유가 어두운 방이 전부는 아니었지만 이상하게 몸이 많이 아팠고 몇 가지 다른 계기도 있었다.

사람에게 빛은 반드시 필요하다. 그때 이후 집 고를 때 첫 번째 기준은 '빛이 얼마나 잘 드는가'다. 결혼하고 첫 번째 신혼 집은 넉넉지 못한 살림에 원룸 오피스텔을 얻어야 했는데 그 오피스텔은 햇빛이 얼마나 잘 드는지 하루 종일 집에 있는 날 창으로 비추는 햇빛을 보고 있노라면 영화 〈박쥐〉의 마지막 장면, 송강호와 김옥빈이 바닷가 낭떠러지에서 이글거리는 햇볕에 타 죽는 장면이 연상될 만큼 뜨거웠다. 그 집은 또 너무 뜨거워서 딱 1년 살고 이사했다.

이건 뭐 중간이 없다.

모른다고 말해도
괜찮아

〰〰〰〰

달력 한 장을 넘기니 '9'라는 숫자가 기다렸다는 듯 날 반긴
다. 여름을 너무 좋아해 아들 이름에도 여름 '하'를 넣은 나는
계절이 이렇게 한 순간에 바뀔 줄은 몰랐기에 땀을 식혀줄 시
원한 바람에도 전혀 신나지가 않다. 속절없이 흘러가는 세월도
야속하기만 하다. 어느덧 학교를 졸업하고 사회생활이란 걸 시
작한 지 15년이 되었다. 사회생활 15년이 그리 긴 시간이라고
할 순 없으나 그중에서 정말 정말 싫었던 출근은 대부분 내가
그 일에 익숙하지 않았을 때였다. 어쩌면 그래, 당연하다. 사람

은 자신이 모르는 분야에 대해선 기가 죽기 마련이고 그 모르는 걸 모른다고 하면 안 되는 상황일수록 더 그렇다.

　나는 대학교에 입학하자마자 엄마 지인의 추천으로 한국마사회, 즉 경마장에서 주말 아르바이트를 했는데, 지금도 그런지 모르겠지만, 당시만 해도 경마장 주말 알바는 대학생들에게 '꿀 알바'였다. 주말만 나가도 급여가 꽤 높아 아는 사람의 추천 없이는 쉽게 들어가지 못하는 곳이었다. 뿐만 아니라 추석이나 설 같은 명절에 나오는 선물이 또 엄청났는데 웬만한 가전제품은 총출동하여 알바생들에게는 꿈도 못 꿀 명절 선물이 정직원과 공평하게 주어졌다.

　내가 맡은 일은 마권을 파는 일이었는데 유니폼을 입고 은행 창구처럼 생긴 곳에 들어가 마권 기계를 이용해 돈을 받고 마권을 뽑아주는 일이었다. 마권 기계에 고객들이 건넨 OMR 카드를 넣고 금액을 확인한 뒤 거스름돈과 마권을 뽑아주는 단순하다면 단순한 일이지만 수천만 원을 넘나드는 돈을 다루는 일이기도 해 알바 초반에는 경력이 좀 있는 담당 사수가 한 명씩 붙고 그 사수 곁에서 하나부터 열까지를 배우게 된다.

　나는 대학을 다니면서 단 한 번도 MT를 가본 적이 없다. MT는 보통 금, 토로 가기 때문인데 나는 알바를 가야 했고 그 알

바가 하필 주말이 전부여서 어쩔 수 없이 학교 MT는 포기해야 했다. 당시에는 지금처럼 취업이 치열하지 않아 '놀고 먹자 대학생'이라는 말이 흔할 정도로 주중에는 거의 농땡이를 치거나 술을 마셨는데 그렇게 술 먹고 놀다가 주말에 아침 일찍 일어나 아르바이트를 가야 하는 내 처지가 나는 너무 서글펐다. 나도 주말에 친구들과 여행도 가고 싶었고 늦잠도 자고 싶었다. 하지만 그럴 수 없었다. 하루라도 빠지면 받는 급여 차가 심하기도 했고 페널티가 있어 자주 빠질 수도 없었다. 학비까진 아니지만 용돈을 내가 벌어서 써야 했기에 더 그랬던 것 같다. 초반에 나의 사수였던 선배가 워낙 무서운 사람이라 나는 더욱더 출근이 싫었다. 토요일 아침 눈을 뜨면 (좀 과장해서) 도살장 끌려가는 소, 딱 그런 기분이었다. 1년 정도 지나서는 눈 감고도 기계를 다룰 수 있을 만큼 일에 능숙해져 거의 놀러 가는 것마냥 경마장 알바 가는 게 즐거웠지만 말이다.

또 다른 지옥 같은 출근길은 몇 년 전 약 1년간 다녔던 디자인 에이전시다. 각오하고 들어가긴 했으나 그전에 하던 업무 양과는 비교가 안될 만큼 일이 많았고 이 또한 일에 능숙하지 못하다 보니 차장한테 맨날 면박받고 과장한테 감각 없다고 무시당하고…. 그땐 내가 축구공인 줄 알았다, 맨날 까여서. 내가 왜 잘 다니던 회사를 때려 치우고 나와 이 개고생을 하고 있을까! 매일 아침 내가 만든 이 상황에 울며 겨자 먹기로 출근했다. 같은 디자인이지만 에이전시 업무는 차원이 달랐다. 그러다 보니 내가 모르는 스킬도 많았는데 직급도 사원이 아닌 대리로 들어갔으니 모른다고도 못하고, 어떻게든 근무시간에는 해보겠다고 어물쩍 넘어가 놓고 야근하면서 검색의 검색을 거쳐 책을 뒤져가며 친구한테 물어보면서 수많은 포토샵, 일러스트 스킬들과 인쇄 관련 용어 및 절차 등을 터득해야 했다.

모른다고 하는 게 왜 그렇게 힘들었을까? 나는 뭐 다 알아야 되나? 물론 모른다고 하면 아니, 대리가 이것도 몰라? 전에 회사에선 뭘 배웠어,라며 엄청 타박을 했겠지만 그렇게 쪽팔리고 그냥 차장이나 과장한테 배우면 그만이었을 텐데. 어찌 됐든 일을 해야 되는데 모르면 가르쳐주지 않았겠는가? 뭐, 다 지난 일이다. 나는 끝끝내 모른다고 하지 않고 그냥 일을 관뒀다.

돌이켜보면 모른다고 말해야 하는 내가 싫었다. 자존심이 용납하지 않았던 거다, 모르는 주제에. 나중에는 업무 스킬이 좀 늘긴 했으나 그래도 모르는 건 끊임없이 속출했고(하루하루가 미션 수행하러 출근하는 기분이었다. 그러니 얼마나 긴장하며 살아야 했을까?) 알아야 하는 게 너무 많아서 그냥 회사를 나왔다. 마지막 출근 날 까지도 야근했던 기억이 난다. (마지막 근무하는 직원을 야근시키고 모두 퇴근할 때 그곳을 나가야 하는 이유가 더 확고해졌다) 건물의 모든 조명을 끄고 현관문을 닫고 나와 아무도 없는 어두워진 골목길에서 발을 힘껏 구르며 "야! 끝났다!" 하고 소리 질렀던 게 생각난다. 너무 행복했다. 그곳에 다시 출근하지 않아도 된다는 게.

뭐든 시간이 지나면 익숙해지고 능숙해지기 마련인데 그 능숙해지기까지의 시간을 버티는 게 너무 힘들다. 그리고 더 견딜 수 없는 건 나 빼고 다른 사람들은 다 안다는 거다. 그러니까 그건 일을 떠나서 회사의 사소한 규칙 같은 것도 포함된다. 모르면 기죽는다. 혹자들은 하나씩 알아가는 재미와 즐거움을 만끽하면 되지 않느냐고 말하지만 글쎄, 과연 그 과정이 즐겁기만 할까? 누군가 그랬다, 사회생활이 재미있고 즐거우면 돈을 줘야지 왜 돈을 받겠냐고. 난 그저 그 시간이 빨리빨리 지나기만을 바랐던 것 같다. 하지만 나만 모르는 야근은 새벽이 넘어가도 끝날 줄을 몰랐다.

나이가 좀 드니까 모르는 걸 모른다고 하는 게 조금은 쉬워졌다. 왜까? 그게 더 자존심 상하는 일 아니냐고? 아니, 모르는

·
·
·

건 모른다고 해도 된다는 걸 알았기 때문이다. 또 어느 정도 무감각해지기도 했다. 남들이 내가 이걸 모른다고 뒤에서 뭐라 하든 말든 그건 내 문제가 아니라 그들 문제다. 한편으론 이렇게 연륜이 쌓이고 이렇게 사회인이 되는 건가 싶기도 하다.

∿∿∿∿ 눈치는 생략하고,
       당당하게 요구한다

　엊그제 퇴근 후 아이를 어린이집에서 픽업해 언니네로 갔다. 보통 일주일에 한두 번은 그리로 퇴근한다. 대부분 남편이 야근을 하거나 형부가 회식이 있을 때. 그러니까 남자들이 없는 날이다. 언니랑 나는 치킨을 좋아해서 주로 그런 날은 치킨을 시켜 먹는다. 그날도 언니와 닭다리를 뜯으며 이런저런 이야길 하다가 형부가 얼마 전 임플란트를 했는데 보험이 적용돼서 돈을 백만 원이나 받게 됐다는 말을 들었다. 언니와 나는 같은 보험사에게 보험을 들고 있기에 혹시 나도 몇 년 전 임플란트를 했는데 보험이 적용되지 않을까 싶어 확인해보니 치조골 이식을 했으면 나도 백만 원을 받을 수 있다는 거다. 얼씨구나 웬일인가!

나는 내가 분명히 치조골 이식을 했을 거라 생각하고 확인차 치료를 받았던 치과에 전화를 걸어보았다. 전화를 받은 이가 확인해보고 다시 전화를 주겠다고 하고 10여 분이 흘렀다. 의사로 추측되는 사람이 전화를 걸어왔다. 그러나 두둥. 나는 치조골 이식을 하지 않고 그냥 했단다. 나는 재차 확인했다.

"정말요? 정말 안 했나요?"

수화기 너머의 상대방은 단호히 "네, 안 하셨어요."라고 대답했다. 내 백만 원. 공돈이 생겨 뭐하지? 했던 꿈같던 기대가 무참히 무너졌다.

돈 이야기가 나와서 말인데 어제 통장으로 38만 2천 4백 원이 입금됐다. 2주 전 강의했던 곳에서 입금한 강의료다. 2백 명의 청중 앞에서 1시간 동안 강의를 하고 받은 금액이다. 강의를 많이 해본 건 아니지만 몇 차례 경험하니 1시간 동안 말하는 건 제법 수월했다. 긴장되긴 하지만 어찌어찌 하다 보면 1시간은 후딱 지나간다. 처음에는 전문 강사도 아닌 나의 강의를 누군가 듣고 싶어 한다는 것 자체가 마냥 신기해 돈 안 받고도 해줄 판이었다.(사실 그런 적은 없지만) 그러나 이것도 한두 번씩 해보니 나도 모르게 강의료가 가장 궁금한 사항이 되었다. 대부분 강의 요청은 메일로 오는데 어떤 곳에선 친절하게 처음부터 강의료를 밝히는 반면 어떤 곳은 메일은커녕 미팅을 한 자리에서도 먼저 돈 이야길 꺼내지 않아 미팅이 끝나고 메일로 (어렵게) 내가 다시 물어본 경우도 있다. 그쪽에선 깜박했다면서 미안해하지만 어쨌거나 서로 가장 중요한 건 돈일 텐데 깜박할 사안은 아니지 않나? 그건 아마도 미룬 거겠지.

내가 받는 강의료도 그렇고 프리랜서들이 일을 하고 건당 받는 수입도 그렇고 일을 의뢰받는 사람이 얼마를 줄 거냐고 묻는 건 참 거시기하다. 따져보면 내가 일한 대가를 받는 거니 당연히, 당당히 요구해야 하는 게 맞는데 얼마인지를 물으면 마치 내가 너무 돈을 밝히는 사람처럼 보일 것 같은 거다. 실제로 상대방은 어떻게 생각하는지 모르겠지만. 더군다나 받을 금액이 적으면 안 하겠다고 거절하는 것도 당연한 권리인데 마치 나 정도 되는 강사는 돈을 적게 줘도 무조건 해야 하는 것처럼 여기는 것도 문제다. 그래서 나는 얼마 전 한 업체에서 직원들을 대상으로 강의 의뢰를 해와서 강의료와 시간을 물어본 후 내가 여태 해본 강의와 비교해보았으나 금액이 한참 적은 것 같아 강의 시간을 줄이던지 강의료를 더 주셔야 할 것 같다고 정중히 답장을 했다. 매번 같은 내용으로 강의를 할 수도 없을 뿐더러 그들이 요구하는 방향과 대상에 따라 내용이 달라져야 하기 때문에 내 입장에서도 시간과 공을 더 들여 다시 처음부터 강의안을 구성해야 하기 때문이다. 해당 업체에선 내부 회의로 결정된 사항을 알려주겠다고 했고 결국 다음 기회에 모시겠다는 말로 무산되었다.

《일상기술 연구소》라는 책에 보면 프리랜서의 일감에 대한 이야기가 나오는데 아는 사람이랑 일을 하면 돈 이야기를 꺼내기가 더 힘들다거나 조금 더 받아야 할 것 같은데 선뜻 말을 하지 못하는 경우가 많다고 한다. 뿐만 아니라 책 같은 경우 외주 비용이 십 몇 년 동안 한 번도 오르지 않았고 책이 나온 다음에야 돈을 주기 때문에 책 출판이 차일피일 미뤄지면 당장 손해 보는 건 프리랜서들이라는 거다. 나처럼 강의를 의뢰받는 사람 입장에선 돈 이야기를 먼저 꺼내주는 담당자가 가장 좋다. (아니 나도 다 먹고 살자고 하는 일인데) 안 그러면 내가 이 이야기를 어느 타이밍에 꺼내야 하는지 통화 내내 조바심 내며 긴장해야 하기 때문에 앞단의 내용에 집중할 수 없다.

강의료에 관해 이런 경우도 있다. 시간당 강의료를 책정할 때 기준 중 하나가 책을 몇 권이나 출판했는지, 그 책은 몇 쇄를 찍었는지가 포함된다는 거다. 강의 종류마다 다르겠지만 글쓰기와 관련된 경우는 그런 듯했다. 당시 한 권의 책을 내고 그마저도 1쇄밖에 못 찍었던 나로선 가장 낮은 수준의 강의료를 받고 수업을 진행해야 했는데 이런 책정 기준이 과연 합당한 것인지 의문스럽다.

어제 퇴근길에 장문의 문자 메시지 하나를 받았다. 내용인즉 내가 브런치에 올리는 글들을 매우 잘 챙겨 보고 있으며 함께 글쓰기 강좌 프로젝트를 진행하고 싶다는 거였다. 오늘 아침 담당자가 유선상으로 해당 프로젝트에 관한 이야기를 해주면서 두 번째로 한 이야기가 강의료에 관한 거였다. (SO COOL!) 첫 번째는 강의 시간에 관한 거였다. 시간이 맞지 않으면 돈 이야기를 할 필요가 없으니까. 아직 미팅 전이지만 쿨내 진동하는 담당자의 문의에 나는 만남 전부터 오케이 사인을 날렸다.

쨍하고 해 뜰 날 돌아온단다

대학교 전공도 입시 미술 학원에서 정해준 대로 했던 나는 졸업 후 미술 학원에서 오랜 기간 강사 일을 했다. 별다른 노력도 필요 없이 그저 미술 관련 학과를 졸업했다는 이유만으로 합격한 첫 직장이었다. 일을 하면서도 딱히 도전 정신이나 자기 개발이 요구되지 않았다. 그 당시 나는 늘 '고인 물' 같았다. (그대로 계속 있었다면 썩은 물이 되었을지도 모른다) 그렇다고 딱히 벗어나고 싶단 생각도 들지 않았던 건 심신이 별로 힘들지 않은 일과 고정 수입 때문이었다. 그러던 어느 날 친한 중학교

동창을 만났다. 안 본 사이 그녀는 우리나라 대표 포털 사이트인 N사에 합격해 다니고 있었다. 이런저런 이야기를 나누다가 우연히 그녀의 연봉을 듣고 당시의 나는 내가 굉장히 잘못 살고 있단 생각이 들었다. 어안이 벙벙해진 나는 그녀에게 다시 물었다.

"그래서, 거기서 네가 하는 일이 뭐라고?"

"웹 디자인"

나는 웹 디자이너와 편집 디자이너가 정확히 어떤 일을 하는지도 파악하지 않은 채 무작정 포트폴리오 학원에 등록했다. 다니던 직장을 관두기로 마음먹기까지 그리 긴 시간이 걸리지도 않았다. 모르면 몰랐을까 알고 난 이상 나는 그 일을 해야겠단 생각이 들었다. 직장을 관두고 3개월 동안 나오는 실업 급여로 근근이 버티며 포트폴리오 학원에 다녔다. 학원이라고 했지만 사실 과외나 다름없었다. 일주일 동안 작업한 과제를 가지고 수요일에 딱 한 번 선생님을 1 대 1로 만나는 시스템. 작업실은 신촌에 위치한, 책상 두어 개를 놓으면 꽉 차는 원룸 오피스텔이었다. 일주일에 한 번 숙제 검사를 받았지만 과제 양이 어마어마해서 일주일 내내 홀로 밤샘 작업을 해야 했다. 당시 선생님의 수업 방식이 굉장한 스파르타식이어서 울기도 많이 울었다. 중학교 졸업 이후 선생님한테 혼나서 운 적은 그때가 처음이었다. 정말 눈물 쏙 빼게 혼나서 이를 득득 갈았더니 실력이 일취월장했다. 돌이켜보면 그게 잘 나가는 포트폴리오 과외 선생님의 노하우가 아니었나 싶다. 지금 생각해보면 그때가 내 인생에서 가장 열심히 뭔가에 몰두했던 시간이었던 것 같다. 그러니까 친한 친구의 연봉이 삶의 굉장한 터닝 포인트가 된 것이다.

포트폴리오를 만드는 동안은 수입이 없었으니 당연히 백수였다. 나는 집에 있는 백수라고 해도 조카 한 번 제대로 봐준 적이 없는 이모였다. 그도 그럴 것이 과제가 어마어마했기 때문에 내 방에서 거의 나갈 수가 없었다. 오죽하면 시험도 안 보는데 밤을 샜을까? 그래도 날마다 원하는 목적지에 조금씩 다가가고 있단 생각에 작업이 재미있고 설렜다. 당시 나는 밤과 새벽에 작업하는 걸 좋아했다. 모두 잠든 시간에 라디오를 켜놓고 음악과 사연을 들으며 손으로는 열심히 그래픽 작업을 했다.

그런데 백수에 모아놓은 돈도 없어서 생활비를 낼 수 없는 형편이라 슬슬 형부와 언니의 눈치가 보이기 시작했다. 내가 애라도 열심히 봐주었다면 상황은 달랐을 텐데…. 나는 발 디딜 틈 없는 좁은 방에서 거의 나가지 않고 과제에 몰두했다. 엄마가 밥 차려놨다고 소리치면 나가서 밥 먹고 방에 다시 들어오는 식이었다. 하루는 매일 듣는 라디오에 사연을 보냈다. 내용인즉 돈을 벌지 않고 있다 보니 집안 식구들 눈치가 보인다는 거였다. 구체적으로 언니보다 형부의 눈치가 보인다, 내가 떳떳하지 못해서 더 다가가기 힘들다,라는 게 핵심이었다. 뽑힐 거라는 기대보다 답답한 마음에 썼던 건데 당시 DJ였던 남궁연이 내 글을 읽는 게 아닌가? 그날도 열심히 딸각딸각 클릭을 하다가 익숙한 내용을 듣고 나도 모르게 숨을 죽였다. 모두 자는 시간이라 누구한테 내 사연이 라디오에 나왔다고 자랑할 수도 없는 노릇이라 나 혼자 신기해하며 듣고 있었다. 내 고민에 대한 DJ의 해결안은 "눈치가 보이면 보일수록 안으로 숨지 말고 밖으로 나오라"는 거였다. 눈칫밥 먹는 티는 내지 말고 밝은 상태를 유지하면서 먼저 나서서 말을 걸고 인사하세요, 이렇게.

"형부 다녀오셨어요? 많이 피곤하시죠? 오늘도 수고 많으셨습니다!"

말이 쉽지 너무 어색해서 이 한마디를 입 밖으로 내기가 하늘의 별 따기만큼 어려웠던 나는 딱 한번인가 그가 시키는 대로 해봤지만 효과는 그리 탁월하지 않았다. 그때 내 사연을 읽어준 DJ가 위로 차원에서 틀어준 노래가 송대관의 〈해 뜰 날〉

이었다. 새벽 2시에 그린데이나, 린킨파크, 콜드플레이 등 주로 록밴드의 음악을 틀어주는 라디오 프로그램에서 이례적으로 트로트를 틀어준 것이다. 방구석에만 처박혀 있던 나에게도 언젠가 해 뜰 날이 올 거라면서…. 정말이지 웃고 있지만 눈물이 났다.

격하게 서러웠던 계기가 하나 더 있었다. 한 번은 언니와 나 그리고 엄마 셋이서 대중목욕탕에 갔다. 줄곧 세신사에게 몸을 맡겼던 나는 백수가 된 다음부턴 단돈 천 원이 아쉬웠기 때문에 스스로 때를 밀 수밖에 없었는데 엄마와 언니가 너무 아무렇지도 않게 세신사에게 때를 미는 거였다. 둘 중 누구 하나 세신 비용을 내주겠다는 사람은 없었다. 자기 몸 자기가 때 미는데 서럽고 말고가 어디 있냐고 하는 사람도 있겠지만 그게 또 그렇지 않았다. 엄마가 별 생각 없이 퍼 담아준 밥 양이 적으면 괜히 서러워지는 때였으니까. 티 내진 못했지만 너무 서러운 나머지 눈물이 흐를 것 같아 사우나에 잠입하기도 했다.

이듬해에 네모반듯하게 만든 포트폴리오를 들고 면접에 합격! 당당히 원하던 직장에 입사했다. 드디어 나에게도 해 뜰 날이 왔다. 거기서 받은 첫 월급으로 휴대폰을 바꿨다. 무거워서 어깨가 내려앉을 것 같던 싸구려 코트를 벗어던지고 백화점에서 (지금도 기억나는 가격) 45만 원을 주고 가벼운 울 코트도 사 입었다. 당연히 때도 세신사에게 밀었다. 여기에 다 적지 못하지만 안팎으로 서러운 일들을 꾹꾹 참으며 버텼더니 가사처럼 되었다.

"안되는 일 없단다, 노력하면은, 쨍하고 해 뜰 날 돌아온단다."

맥주 한잔할 동료가 없다면
맥 빠질 수 있지만 죽을 일은 아니다

주인이 출근하지 않은 책상에 테이크아웃 커피잔이 동그마니 놓여 있다. 커피잔 패키지에 담긴 건 커피가 아닌 양말이다. 내가 좋아하는 반짝반짝 블랙펄 삭스. 내 취향을 정확히 아는 사람이 남긴 이별 선물이었다. 메모를 읽어보니 지난주 퇴사한 동료의 마지막 인사가 적혀 있다. 모두 퇴근한 다음 자리에 조용히 놓고 갔을 그의 심정을 헤아리니 괜히 짠한 마음에 코끝이 찡해졌다.

친한 동료 두 명이 이직을 했다. 그들의 이직은 단순한 이직이 아니었다. 다른 회사로 거처를 옮긴 지 2주가 지났지만 여전히 실감 나지 않고 그저 어딘가로 외부 미팅을 나갔다거나 휴가 중인 것만 같았다.

대학을 졸업하고 미술 학원에서 아이들을 가르친 경험 외에 본격적으로 회사라는 곳을 다니면서 다양한 인연을 맺어왔다. 회사 생활이 15년을 훌쩍 넘겼으니 그간 스쳐간 인연만도 손으로 다 헤아릴 수 없을 정도다. 처음에는 친한 동료(동료라기보다 친구가 더 맞을지도 모른다)의 이직이 참 견디기 힘들었다. 단짝처럼 지내던 친구와 헤어지려니 나도 회사를 다른 데로 옮겨야 하는 건 아닌가 싶은 생각마저 들기도 했다. 어릴 때였으니까. 그땐 회사에서 야근하는 것도 재미있었다. 대학에서 야작(야간 작업)하는 기분이랑 비슷했다. 야근하고 그냥 집에 가기 섭섭하니까 치맥 한잔하고 들어가려다가 한 잔이 두 잔되고 석 잔되다가 자취하는 친구 집에 가서 또 마시고 아예 그 친구네서 자다가 주말 근무하는 날(당시에는 격주로 토요일 근무를 했다)이랑 겹쳐 아침에 회사 근처에서 해장국을 먹고 출근하기도 했다. 어릴 때였으니까.

앞서 이직한 동료를 친한 '동료'라고 했지만 나보다 직급도 높

•
•
•

고 나이도 많은 선배들이다. 입사 시기가 비슷해서 유독 친하게 지냈고 같은 유부남 유부녀라 아이들 이야기도 많이 하고 회사 다니면서 이런저런 고민이 생기고 걱정이 생길 때마다 마음을 같이 나눴던 사람들이다. 작년에 우리 회사에 한동안 이직 바람이 불어 비슷한 고민을 하는 사람들이 더러 있었다. 결정을 내리고 옮긴 사람도 있고 옮기려 마음먹었다가 다시 제자리를 찾은 동료도 있다. 사실 나는 이직을 생각하지 않고 있기 때문에 그런 동료들의 생각이나 걱정을 나눠 들을 때마다 심적으로 버거운 느낌이 적지 않았다. 내가 그렇듯 동료도 적은 나이가 아니고 한 가정의 가장이기도 했으므로 쉽사리 이래라저래라 할 수도 없으니 최대한 그들의 이야기를 들어주고 뻔한 답을 주지 말자는 게 내가 세운 나름의 기준이었다. '네가 그렇게 생각하면 그게 맞는 거지.'라는 답변보단 과거 내가 이직을 했을 때 겪었던 사례나 심정 등을 이야기해주며 최종 결정은 그들에게 넘겼다. 친하다고 해서, 내 입장만 생각해서 힘들어도 같이 버텨보자고 무작정 머물게 할 순 없었다. 헤어짐이 서운한 건 서운한 거고 미래는 각자의 것이니까. 어떤 선택이든 더 나은 결정을 하길 바랐다.

20대 후반에 다녔던 직장에서 친했던 동료가 회사를 관둔다고 했을 때 솔직히 많이 괴로웠다. 외톨이가 된 것 같았다. 점심은 누구랑 먹나, 이제 친해졌는데 헤어져서 어쩌지…. 아마도 학창 시절 단짝 친구가 전학 가는 기분이 그렇지 않았을까? 그러던 어느 날 퇴근하는 길에 울적한 마음으로 전철역을 향해 걷다가 어떤 문장 하나가 내 마음속에 콕 박히듯 또렷해졌다.

"사람의 인연은 바람 같은 거구나. 불어서 내게로 왔듯, 부니까 어딘가로 가는 거지. 그게 자연스러운 거였네."

책에서 읽은 글귀도 아니었고 라디오에서 들은 것도 아니었다. 그냥 저 문장이 둥실 떠오르면서 이상하게 마음이 편해졌다. 낯을 가려서 친해지긴 어려워도 막상 친해지면 정을 듬뿍 쏟는 타입이어서 그간 사람과의 이별이 적잖이 힘들었는데 그런 면에서 좀 자란 듯한 나를 제삼자의 시선으로 바라보는 기분마저 들었다.

마음과 뜻이 맞는 동료와 한 직장에서 오래도록 일할 수 있다면 천군 백마가 두렵지 않다. 든든한 동료 1명이면 충분하다. 내 마음 솔직히 터놓고 말할 수 있는 사람 말이다. 기분 꿀꿀한 날 맥주 한잔하고 갈래? 할 수 있는 동료. 그런 사람이 없다면 조금은 맥 빠질 수 있겠지만 없다고 죽을 일도 아니다. 모든 건 바람처럼 왔다가 바람처럼 스쳐 지나가는 거니까.

이직한 나의 동료 둘은 이미 첫 출근을 한 사람도 있고 첫 출근 예정인 사람도 있다. 꽤 오랜 시간 우리 회사에 몸담고 있었고 중요한 자리를 차지하고 있었다. 그들 또한 낯선 환경과 새로운 사람들이 설레면서 두렵기도 할 것이다. 아무리 나이가 많고 경력이 많아도 첫 출근은 늘 그런 거니까. 이직을 앞둔 며칠 전, 동료의 팀원들이 과장님께 선물해드릴 롤링페이퍼를 만들고 싶다며 표지에 캘리그라피로 괜찮은 문구 하나만 써달라고 내게 부탁을 해왔다. 갑작스러운 요청에 무슨 문구를 써줄까 고민하다가 옛 노래 가사가 계속 입가에 맴돌기에 굵은 네임펜으로 슥슥 적었다.

'안녕은 영원한 헤어짐은 아니겠지요. 다시 만나기 위한 약속일 거야.'

학교도 그렇고 직장도 그렇고 마음 같은 거 두지 않고 그저 주어진 일만 하고 가는 게 아무렇지 않은 요즘. 친한 동료의 이직에 가슴 아프고 서운한 마음이 드는 걸 보니 (그들 같은 동료를 두어서) 나도 그렇고 그들 또한 인생 헛살진 않았다는 생각이 든다. 그리울 사람이 있는 깃도 그리 나쁘진 않은 것 같다. 사회생활에서 이런 이별에 마음 아파하는 사람이 한 명만 있어도 괜찮게 산 거 아닐까?

고난을 다 이겨내지 않고
살아도 괜찮다

지난 주 토요일, 타지에서 학교를 다니는 중학생 조카가 집에 왔다. 방학도 아닌데 아이가 온 이유는 학교생활을 잠시 '멈추기' 위해서였다. 장시간 쉬는 건 아니고 일단 일주일 정도 집에 있다가 다시 돌아갈 계획이라고 했다. 얼마 전 명절 연휴 때 내려 온 뒤라 텀이 길지도 않았다. 조카는 요즘 학교생활이 좀 힘들다. 정확한 원인과 이유를 모르는 나는 교우 관계 문제 정도로 알고 있다. 이제 중학교 2학년. 한창 사춘기. 예민할 시기다. 나도 그랬고 조카의 엄마인 우리 언니도 그땐 그랬다. 툭하면 문을 잠그고 방에서 안 나왔다. 그런 시기에 집이 아닌 학교 기숙사 생활을 하다 보니 심리적인 부담도 커진 모양이었다. 날마다 딸과 통화를 하며 이런저런 이야기를 나누고 학교 상담 선생님까지 만나보며 해결 방안을 찾으려던 언니와 형부는 일단 아이를 잠깐 집에 오게 하는 데 의견을 모았다. 누구보다 조카가 그걸 원했다. 왔다가 가면 좋아지기보다 다시 돌아갔을 때가 더 힘들어지리란 걸 모르지 않지만 일단 아이를 그곳에서 벗어나게 해주는 게 우선이었다. 조카는 집에 와 있는 동안 심리 상담을 받을 예정이라고 했다.

사람들은 말한다. 다시 학창 시절로 돌아가고 싶다고. 그러면서 묻는다, 넌 어때? 난 절대 사양이다. 그 시절로 돌아가느니 둘째를 낳겠다. 뭐 모두가 학창 시절로 돌아가고 싶은 건 아닐 것이다. 나처럼 그 시절이 힘들었을 수도 있다. 조카의 학교 생활 이야기를 듣고 나는 한동안 과거의 내 모습이 자꾸만 떠올랐다. 무척 내성적이었던 나는 반에서 있는 듯 없는 듯 조용한 학생이었다. 그렇다 보니 친구가 별로 없었다. 중고등학교를 돌이켜보면 쓸쓸했다. 매 학년마다 단짝 친구도 있었지만 한두 명의 단짝 친구와의 사이는 늘 불안 불안했고 혹여 그 친구들이 다른 친구와 마음이 맞기라도 하면 나는 외톨이가 되었다. 다른 애들처럼 그러면 나도 다른 애랑 놀아야지, 이게 잘 안 됐다. 그 자리에서 단짝 친구가 내 곁으로 다시 돌아오길 기다 렸다.

중고등학교 때 내가 싫어하는 시간은 월요일 아침마다 운동 장에 모여야 하는 조회 시간과 체육, 음악, 미술 등 중간 중간 장소를 옮겨야 하는 시간이었다. 당연히 그렇게 자리를 옮겨야 하는 시간은 친구들과 함께 움직이기 마련인데 친구가 적었던 나는 그 혼자가 되는 아주 잠깐이 참 싫었다. 그렇다고 아무한 테나 가서 같이 이동하자고 말할 수 있는 주변머리도 못 되었 다. 말수가 적고 공부를 잘하는 것도 아니며 잘 노는 것도 아니 니 아이들이 딱히 나를 좋아할 이유도 없었다. 그저 나랑 성격 맞는 몇몇 짝꿍들, 그러니까 한번 짝꿍이 되면 꽤 오랫동안 그 관계가 지속되는 스타일이었다.

다행스럽게도 당시의 나는 그런 상황이 외롭다고 느껴지지 않았다. 나이가 어려 외로운 감정인지 잘 몰랐을 수도 있다. 내 성격을 마구 탓하지도 않았다. 애 늙은이처럼 내가 처한 상황 을 있는 그대로 받아들이고 빨리 졸업이나 했으면, 하고 바랐 다. 혼자 있는 게 싫진 않으니까 그냥 혼자 놀면서 말 그대로 덤덤하게 하루하루를 보냈다. 공부에 흥미가 많은 것도 아니어서 수업 시간이 즐겁지도 않았다. 내성적인 탓에 선생님이 뭐라도 시킬까 봐 늘 조마조마했다. 그러다가 고등학교 2학년 때부터 미술을 시작했고 미술 학원 친구들과 어울리면서 조금 활달해지고 성격도 단단해졌던 것 같다. 잘하는 분야가 생기니 자신감도 붙었다. 그렇다고 해도 고등학교 시절로 다시 돌아가고 싶은 마음은 1도 없다. 100퍼센트 내 속내를 드러내지 못하고 끙끙거렸던 날들이 더 많았으니까.

사회생활을 하면서 그런 것들이 점차 사라졌다. 내 활동 범위가 좁아지면서부터였던 것 같다. 직장이란 게 어쨌든 팀 단위로 움직이니 관계를 맺어야 할 인간관계가 적고 그만큼 집중할 수 있기 때문이 아닐까. 어쨌거나 직장은 타인에 의한 선택이 아닌 내 자유의지에 따라 이동할 수 있으니 혼자여도 남들 눈을 별로 의식하지 않으며 지낼 수 있었다. 그만큼 나이를 먹고 얼굴이 두꺼워진 탓도 있겠지.

지난 설 명절에 조카가 집에 오는 날, 김포공항과 합정동 회사가 가까워 내가 마중을 나갔다. 공항버스를 타고 돌아오며 조카랑 이런저런 이야기를 나눴다.

"밥을 혼자 먹니?"

"아니 걔들이랑 같이 먹어."

"싫어하는 애들이랑 같이 먹는다고? 그러지 말고 그냥 혼자 먹으면 되잖아."

"이모, 혼자인 나를 다른 애들이 보는 게 더 싫어. 그래서 싫지만 걔네랑 어울리는 거야."

조카의 대답을 듣는 순간 생각이 짧았구나 싶었다. 마흔을 코앞에 둔 나는 어떤 사람이 싫으면 당연히 떨쳐내고 혼자 지낼 수 있지만 이제 15살 중학생 조카에게 그건 너무 버거운 일이었다. 더 많은 아이들이 자신의 처지를 알게 되고 수군거리는 게 싫은 마음, 내가 왜 헤아리지 못했을까? 나도 그 시절 나를 자신들의 영역에 껴주지 않는 친구들을 비굴하게 쫓아가야 했는데.

엑소 팬인 조카는 내가 조금 진지한 이야기를 꺼내려 할 때마다 아이돌 이야기로 주제를 바꾸려 했다. 그렇게 한참을 버스가 달리고 있을 때 조카에게 이렇게 말했다.

"그냥 직장 다닌다고 생각해라."

"직장?"

"응. 회사 다닌다고 생각해. 거기에 너무 네 에너지를 다 쏟지 말라고. 마음 쓰지 말란 말이야. 직장은 그냥 일로써 사람을 상대하면 그만이거든. 너도 걔들한테 감정 소모하지 말고 그냥 직장 동료 대하듯 해버려."

말인지 방구인지, 하는 표정으로 납득이 어렵다는 듯 멀뚱하게 나를 바라보던 조카는 그냥 흐흐, 하고 웃어버렸다. 이모가 날 위로해주려는 건 알겠다는 듯. 제대로 상담해주지 못했다는 생각에 머쓱해진 나는 괜히 창밖을 바라보다 "이모 좀 잘게"라고 말했다.

작은 일에 연연하고 친구의 눈빛, 행동 하나에 감정이 오르락내리락하던 학창 시절을 생각하면 내 자신이 좀 측은하게 여겨져 다신 그때로 돌아가고 싶지 않다. 그나마 외향적인 성격의 조카는 상담 선생님께 직접 이야기도 하고 뭔가 이 상황을 벗어나려는 적극적인 액션을 취했지만 나는 함께 사는 엄마나 언니에게조차 이런 이야길 한 적이 없다. 그래서 이번 일을 계기로 언니와 대화하던 중 나의 과거 이야길 했더니 그런 줄 몰랐다며 놀라는 기색이었다. 당연히 그럴 수밖에, 나는 아무에게도 이야기하지 않았으니까. 중학교 때부터 쓰던 일기장에 털어놓는 게 고작이었다.

돌이켜볼수록 15살 이유미는 어떻게 하루하루를 버텨냈는지 모르겠다. 지금은 책이라도 좋아해 심심할 틈이 없지만 그땐 책에도 별 관심이 없었는데. 성격이 좀 변했다 한들 내 안에는 여전히 그 아이가 살고 있다. 나는 그냥 슬픔을 다 이겨내지 않고도 살 수 있게 된 것 아닐까? 자꾸 마음이 안 좋다. 모쪼록 조카가 지금 당면한 현실은 인생 전체를 봤을 때 0.3미리 펜으로 콕 찍은 점에 불과하단 걸 알았으면 좋겠다. 그 나이에 그걸 깨닫는 게 쉽지 않지만 말이다. 그렇게라도 털어낼 수 있다면 좋겠다.

대체 불가능한
사람이고 싶다

강의 요청은 대부분 메일로 먼저 연락이 온다. 뭐 어떤 요청이든 다 그렇겠지만 다양한 톤 앤 매너로 그들은 메일을 보낸다. 29CM의 팬이어서 전부터 만나고 싶었다는 사람부터 여러 대안 중 얻어 걸려라 하고 보낸 사람도 있다. 그건 지극히 당연하게 글에서 쉽게 눈치챌 수 있다. 나 또한 그런 메일을 몇 번 받아봤다. 어딘지 밝히긴 어렵지만 그곳에서는 강의를 세 차례 진행하고 너무 힘들기도 하고 내 영역은 아닌 것 같아서 다음엔 무조건 안 해야지 하고 다짐을 했다. 그런데 얼마 후 담당자로부터 다시 연락이 왔고 애초에 절대 안 한다고 해야지,라고 마음을 먹은 나는 그의 설득에 조금씩 흔들리고 있었다. 그는 저번 강의 수강생들의 반응도 무척 좋았으니 한 번만 더 해달라고 간곡히 부탁했고 나는 나대로 내 입장을 이야기했다.

"마음은 알겠지만, 지난번에도 제가 너무 힘들었어서 더 하고 싶진 않아요. 업무에도 지장이 있고요…."

제법 단호하게 말한다고 했지만 상대방은 좀 더 설득하면 될 거라 생각했는지 전화를 끊으려 하지 않았다. 그래 어디 구체적으로 내용이나 들어보자 하고 강의할 내용을 들어보니 내가 할 수 있는 강의와 거리가 멀어 보였다. 어설프게 한다고 했다가 나만 더 힘들어질 것 같아서 다시 한번 안 하겠다고 딱 잘라 말했다. 그랬더니,

"그럼 회사 내에 다른 에디터를 소개해주실 순 없나요?"

담당자의 그 마지막 말은 그간 그나마 남아 있던 중간쯤의 좋은 이미지마저 싸그리 날려버리는 거였다. 물론 내가 유일무이한 사람이라고까지 해달라는 건 아니었지만 애초에 그의 뉘앙스는 너 아니면 다른 사람이라도,와 뭐가 다른가. 나를 대신할 사람을 나더러 대신 찾아달라니. 그건 어떻게 보면 나더러 그 사람의 일을 대신해달라는 것과 다르지 않다. 나는 너무 기

분이 나빠져서 더는 말을 섞고 싶지도 않아졌다.

나는 '대체 불가능'이란 말을 좋아한다. 뭔가 멋진 이 말은 남보다 나에게 적용될 때 더 빛을 발한다. 당연히 나를 대신할 사람은 없다는 뜻이기 때문이다. 인공지능 로봇이 소설도 대신 쓰는 마당에 "너 아니면 안 돼"라는 말은 얼마나 매력적인가. 그건 나만이 할 수 있는 일이 있다는 얘기고 그 일은 그 누구보다 내가 잘한다는 뜻이다. 그 말을 듣기 위해 내가 부단히 노력했음은 말할 것도 없다. 한두 번 정도는 나도 이 말을 들어보았지만 지금은 글쎄…. 그 담당자의 말처럼 누구든 아무나 중에 한 사람인 '대체 가능한 사람'일지도. 어쩌면 그래서 더 발끈한 게 아닐까?

지난 날
전공 선택을 후회해

　나는 쓰는 것보다 그리기를 좋아하는 아이였다. 스프링 달린 연습장과 연필만 있으면 혼자서도 몇 시간씩 심심하지 않게 시간을 보낼 수 있었다. 아직도 기억나는 게 어릴 때 내가 그렸던 '공주'인데 목에서부터 어깨로 내려오는 곡선에 특히 주의를 기울였고 드레스는 반드시 오프숄더였다. 지금이야 오프숄더가 뭔지 알지만 그땐 만화에 나오는 공주들이 다 그런 옷을 입었으니까 늘 그렇게 그렸던 것 같다. 틈만 나면 공주를 그리던 내가 쓰기에 재미를 붙이기 시작한 건 중학교 때부터였다. 중학생이 공주를 그릴 순 없으니 자연스럽게 글쓰기로 넘어갔느냐 하면 그건 아닌 것 같고 아무튼 나는 '글짓기'라는 허무맹랑함이 돋보이는 작업에 매력을 느꼈던 것 같다. 몇 달에 한 번씩 교내 글짓기 대회가 있곤 했는데 초등학교 때까지만 해도 소방차 그리기, 고궁 그리기 대회 같은 그림 대회에서 종종 상을 탔던 나는 중학교에 들어가면서 독후감 쓰기, 각종 글짓기 대회에서 두각(?)을 드러내기 시작했다.

지금 내가 소설에 집착하고 이야기를 지어내는 것에 매력을 느끼는 건 어쩌면 그때부터였는지도 모른다. 중학교 1학년 겨울이었다. 교내 불우 이웃에 관한 글짓기 대회가 있었는데 나는 있지도 않은 불우 이웃을 지어내 글을 썼다. 막힘없이 쭉 썼던 기억이 나는 걸로 보아 드라마를 참 많이 봤던 것 같다. 그때 내 생각은 글짓기니까 당연히 지어서(허구로) 쓰면 되는 줄 알았다.

기억이 가물가물 하지만 내가 지었던 내용은 이런 거였다. 홀아버지와 함께 사는 영수라는 아이가 아버지가 일을 나가신 사이에 집에서 홀로 주린 배를 움켜쥐고 잠들었다가 연탄가스에 질식해…. 더 이상 손발이 오그라들어서 못 쓰겠다. 지금이야 듣기 거북하지만 당시에는 꽤 센세이션했는지 글을 내고 다음 날 국어 선생님이 나를 교무실로 불렀다. 무슨 일인가 싶어 종종걸음으로 달려갔더니 깡마르고 하얀 얼굴의 국어 선생님이 다짜고짜 이 학생이 누구냐고 묻는 거였다.

"누구요?"

"네가 글짓기에 쓴 불우 이웃 영수."

"영수요…? 얘는… 그냥 제가 지어낸 건데요?"

글짓기라 당연히 지어서 썼다는 내 말에 선생님은 할 말을 잃었다는 듯 고개를 내저었다. 맥 빠진 선생님의 그만 돌아가도 좋다는 말을 듣고 조용히 교무실을 빠져나오며 글짓기는 허구를 쓰는 게 아니란 걸 처음으로, 그것도 중학교에 들어가서 알게 된 것이다.

어쨌거나 그 뒤로도 나는 이야기를 지어내는 게 재미있었다. 당시 한 학년을 마칠 때마다 문예지 만드는 과정이 있었는데 나는 당연히 단편 소설을 써서 냈다. 줄거리는 이렇다. 사투리가 심한 남자아이 A가 있다. A는 같은 반 여자 아이 B를 좋아하는데 자신에게 별 감정이 없는 B를 보며 B가 자신을 싫어하는 건 다 자신의 사투리 때문이라고 생각한다. 그렇게 자신이 생각한 대로 믿으며 어른이 된 A는 어느 날 우연히 B를 만나는

데 B는 이미 결혼을 한 상태였다. B의 집에 초대된 A는 그녀의 남편과 인사를 나누는데 그는 A보다 심한 사투리를 쓰는 거였다. 그때까지 B가 자신을 밀어낸 이유가 사투리 때문이라 믿었던 A는 사투리가 문제는 아니었다는 걸 알게 된다. 사람이 사람을 좋아하는 데는 겉으론 알 수 없는 뭔가에 이끌린다는 걸, 눈에 보이는 게 다가 아니란 걸 그때 알고 쓴 건 절대 아님에도 지금 생각하면 참 성숙한 생각이 아니었나 싶은 자화자찬이다.

지난주부터 매주 목요일마다 소설 쓰기에 관한 수업을 들으러 다닌다. 아이를 낳기 전에도, 임신으로 만삭이었을 때까지 나는 소설에 관한 수업을 들으러 다녔다. 필요하다면 소설뿐만 아니라 시나리오 작법도 들었다. 그런 시간이 나에겐 엄청난 에너지가 되고 소중하기 때문에 앞으로도 좋은 기회가 있으면 꾸준히 다닐 예정이다. 내가 문학을 전공한 게 아니어서 이런 배움에 더 목말라하는지도 모르겠다.

돌이켜보면 그림을 그리던 그 순간이 불행했던 건 아닌데 조금 후회가 된다. 가장 후회되는 건 전공을 '가구 디자인'으로 정했던 것이다. 내 의사가 아니라 미술 학원에서 점수에 맞게 정해준 거였기 때문에. 무엇보다 가구 디자인은 디자인을 한다기보다 가구를 만드는 것에 가까워서 직접 원목을 사러 다니고 지하 공장 같은 곳에 들어가 내 손가락이 날아갈지도 모르는 위험을 감수하고(실제로 손가락이 절단된 선배도 있었다) 횡절반 (목공기계)으로 나무 판때기를 잘라야 하는 위험천만한 것이었다. 당시 나는 너무 무섭고 싫어서 수업을 제대로 나가지도 않았다. 정말 간신히 졸업장만 땄다.

그때까지도 나는 정말 좋아하는 걸 찾지 못했다. 당시에는 이거 아니면 죽을 것 같단 생각으로 입시 미술 학원에 다녔다기보다 어릴 때부터 그림에 좀 (어정쩡한) 재능이 있었고 공부에는 그리 두각을 드러내지 못했기 때문에 조금 있어 보일 수 있는 미술의 길을 택한 게 아니었나 싶다.

나는 쉬운 길만 택했다. 조금 더 돌아가더라도 그때 잠깐 멈추고 내가 진짜 좋아하는 게 뭐였을까, 뭘 할 때 가장 행복했나를 생각하는 시간을 가졌더라면 후회를 덜했을 텐데. 그땐 왜 그렇게 쫓기듯 진로를 정했는지, 휴학도 해보고 그 기간 동안 다른 일도 좀 해보면서 진짜 원하고 잘할 수 있는 걸 좀 더 일찍 찾았더라면 좀 다른 인생이 되지 않았을까?

물론 그렇다고 지금의 내가 불행한 건 절대 아니지만 읽고 쓰는 것을 이렇게 좋아했는데 왜 진작 이게 내 길이라는 발견을 못했던 걸까 회한이 되기는 한다. 그렇다고 늦었다는 생각이 드는 건 아니다. 지금도 충분히 원하는 걸 쓸 수 있고 도전해볼 기회는 얼마든지 있으니 말이다. 글을 쓴다는 것만큼 나이와 환경의 제약이 없는 장르도 드무니까.

3장

눈만 마주치면
결혼하지 말라고 한다

∧∧∧∧∧

눈만 마주치면
결혼하지 말라고 한다

　나는 결혼 안 한 직장 동료나 후배만 보면 결혼 그거 하지 말라고 한다. 그러면 그들은 하나같이 다 해본 사람들이 꼭 저렇게 말하더라,라고 대답한다. 맞다. 해봤으니까 하지 말라는 거다. 해보지도 않고 하지 말라고 하면 그게 사기꾼이지. 다음 레퍼토리도 하나같이 비슷하다. 결혼 안 하고 혼자 살 자신이 없어요. 늙어서 너무 외로우면 어떡해요. 그러면 니는 이렇게 대답한다. 외로운 사람은 남편이나 자식이 있어도 외롭다. 외로우니 사람이다,라는 말이 괜히 있는 게 아니다,라고. 요즘은 일인

가구도 많고 독신주의자도 늘고 있기 때문에 그때 되면 결혼 안 한 사람들끼리, 아이 없는 사람들끼리 충분히 어울려서 행복해질 수 있다. 지금 때가 어느 땐데, 자식 때문에 외롭지 않을 거라고 생각하는가. 내 주변에는 자식이 있어도 외로운 사람이 수두룩하다.

그래도 결혼은 하고 싶다는 후배들에겐 그럼 결혼해도 아이는 낳지 말라고 말한다. (이쯤에서 발끈하는 사람들이 하나둘 튀어나올 것이다) 이것도 내가 아이를 낳아봐서 하는 말이다. 낳아보니 있어도 좋긴 한데 없어도 상관없을 것 같다는 게 '내' 의견이다, 어디까지나 나 혼자의 의견.

결혼을 하고 아이를 낳기 전까지 난 남편과 나의 둘 문제가 아닌 서로의 가정 때문에 힘들었다. 시댁 문제로 스트레스가 심했던 나는 내 의지와 상관없이 처해버린 현실에 상당히 예민해져서 신혼 초 남편에게 이혼하자,라는 말까지 하고 말았다. 그때 우리는 제법 크게 싸웠는데 화가 난 남편이 집을 나가버렸다. 그는 착하고 한결같이 날 아껴주는 사람이었는데 처음으로 그의 입에서 욕이 나오는 걸 목격하고 적지 않은 충격을 받기도 했다. 그렇게 집을 나간 남편은 하루 만에 자기가 잘못했다며 저자세로 들어왔는데 전날 밤 친구와 홧김에 술을 퍼 마시느라 엄청나게 카드를 긁어서 또 한 번 쫓겨날 위기에 처하기도 했다. 지금 생각해보면 그게 처음이자 마지막 남편의 도발이었던 것 같다.

최소 20년 이상 따로 살던 두 사람이 만나서 하루아침에 나사 암수 맞듯 꼭 맞길 바라는 건 과한 욕심이다. 그건 긴 연애기간과는 완전히 다른 별개의 문제다. 다른 게 당연하고, 두 사람이 다른 데서 나오는 문제점이야 둘이 해결하면 그만이다. 하지만 결혼은 둘만의 문제가 아니다. 집안과 집안이 만나는 일이다. 나는 내 의사와 상관없이 시댁 문제에 개입되어야 한다. 반대로 남편은 친정 문제에 개입되어야 한다. 단순히 관계의 문제가 아니라 경제적인 문제도 포함이다.

신혼 초만 하더라도 알 수 없는 경계심이 마음속에 자리잡고 있어 내가 왜 그들의 문제에 개입되어야 하는지 이해하지 못했다. 어디서 주워들은 건 많아서 괜히 시어머니를 미워했다. 시어머니는 스킨십을 좋아하시는데 시댁에 들렀다가 돌아갈 때마다 남편을 안고 안 놓아주겠다는 듯 표현하시는 게 그렇게 싫었다. 결혼이 아니었다면 아무런 관계없었을 문제에 골치 아파해야 하는 게 싫어서 (철없이) 남편과 헤어지면 홀가분해지지 않을까?라고 생각하기도 했다.

당시 내가 어느 정도로 예민했었냐 하면 아침에 머리를 감으려고 세숫대야에 물을 받고 고개를 숙일 때마다 억울한 감정이 떠올랐다. 왜 그런지 알 수 없었다. 그때마다 짜증이 났다. 지금 생각하면 그렇게 심각할 일도 아니었는데, 내가 만들어낸 억울함 감정에 갇혀서 나를 못살게 구는 거나 다름없었다. 나는 내 안의 문제를 해결하기 위해 책을 찾아 읽었다. 심리 치료와 마음먹기, 감정 다스리기에 대한 책들이었다. 그나마 책에서 위로를 받아 그 순간을 덤덤히 넘길 수 있었다.

시간이 흐른 뒤 아이를 낳고, 이 모든 감정이 눈 녹듯 사라졌다. 시어머니도 그렇고 나도 그렇고 아이로 인해 순화됐다고나 할까. 요즘은 그런 나쁜 감정은 사라지고 안타까움만 남았다. 몸 이곳저곳이 망가지셔서 그렇게 예뻐하는 손주 한번 번쩍 안아보지 못하시는 걸 볼 때마다 측은한 마음이 든다.

그렇지만 진심이다, 결혼하지 말라는 건.

물론 결혼해서 가정을 이루고 사는 게 좋긴 하지만 꼭 그렇지 않았더라도 나는 행복할 수 있었을 것 같다. 남들에게 어떻게 들릴지 모르지만 사실 나는 책만 있어도 행복할 것 같다고 생각하는 사람이기 때문에…. 그렇게 따지면 행복이 별건가 싶다. 읽고 쓸 수만 있다면 괜찮다. 가끔은 이 정도에 만족해도 충분하다.

　결혼하지 마라, 결혼해도 애는 낳지 마라,라고 말하는 내가 그래도 꼭 하라고 하는 건 연애다. 누군가를 사랑하는 것. 좋아하고 미워하고 애틋해하고 그리워하는 그 감정은 살면서 잊지 말고 반드시 느끼며 살았으면 좋겠다.

손톱,
언제 깎았지?

　막 문이 닫히는 지하철 1호선에 간신히 올라탔다. 휴… 지각은 안 하겠구나, 생각하고 숄더백에서 책을 꺼내들었다. 어디까지 읽었더라, 지난 금요일에 마지막으로 읽은 페이지를 펼친다. 주말이 지나고 난 뒤 가장 후회되는 것 중 하나는 책을 거의 한 줄도 읽지 못했다는 사실이다. 읽으려면 충분히 읽을 수도 있었겠지만 그러지 못했다. 아니 읽지 않은 게 맞을지도 모르겠다. 읽고 싶은 마음은 간절한데 책이 눈에 들어오질 않았다. 책 말고도 해야 할 일이 많기도 하거니와 더 재미있는 걸 많이 볼

·
·
·

수 있기 때문이다. 아이가 낮잠에 들면 그래도 좀 읽자,라고 생각한 뒤 식탁 의자에 앉아 책을 펼친 다음, (아주 자연스럽게) 휴대폰을 든다. 이때 켜는 휴대폰이 문제. 책은 일단 잠시 미뤄두고 인스타그램이나 트위터, 페이스북을 차례로 순회한 뒤 네이버에 들어가 쇼핑 카테고리에 진입. 괜찮은 원피스가 있나, 편한 바지가 있나, 시원한 블라우스가 있나 괜히 한번 둘러본다. 그렇게 보다 보면 내가 자주 가는 쇼핑몰의 근황이 갑자기 궁금해진다. 내가 못 본 사이에 얼마나 더 예쁜 게 많이 업데이트됐으려나, 궁금증을 참지 못하고 서너 개의 쇼핑몰을 돌다 보면 저 멀리서 엄마, 하며 잠에서 깬 아이가 나를 부른다. 책은 읽을 차례를 펼쳐놓고 단 한 줄도 읽지 못한 채 다시 덮어놓는다. 그렇게 아이를 챙기기 위해 다시 의자에서 일어나는 게 휴일 패턴이다.

읽지 못한 책은 월요일이 시작되는 출근길 지하철을 타자마자 재빠르게 펼친다. 사실 집보다 지하철에서 책이 훨씬 잘 읽힌다. 어쩌다가 멀리 외부 미팅이라도 잡히면 지하철 타고 가는 시간이 많을수록 괜히 좋다. 책 읽을 시간이 그만큼 늘어나기 때문이다. 집중도 잘된다. 카페 같은 공간에서 독서나 시험공부가 잘되는 이유를 연구한 결과 집중하는 사람들이 주변에 있기 때문이란다. 그러니까 우리는 타인의 집중을 의식한다는 거다. 근데 그게 또 맞는 것 같다. 나는 저들과 함께 집중하고 있다, 무진장 독서에 깊게 빠져 있다는 걸 스스로에게 어필하고 싶은 것이다. 얼마 전 서울 국제도서전에서 구입한 가와바타 야스나리의 《설국》을 읽고 있었다. 너무 유명해서 마치 내가 읽었다고 착각한 책. 하지만 읽지 않은 그 책을 작고 가벼운 문고본으로 구입했다. 이 책은 첫 문장이 예술이다.

"현경의 긴 터널을 빠져나오면 설국이었다."

대단히 기발해서 놀랄 만한 문장도 아닌데 그저 저 문장만 읽어도 이 책 절반은 다 읽어버린 것 같은 기분이 들었다. 어쨌거나 그 책을 다시 펼쳐 읽으며 또 잠시 딴생각을 하느라 책을 들고 있던 내 손을 살펴보다가 깔끔하게 바짝 깎은 손톱이 눈에 들어왔다. 손톱이 짧으면 자판을 두드릴 때 명료한 기분이 든다. 그래서 일주일마다 손톱을 짧게 깎곤 한다. 아, 그러고 보니 내 손톱은 깎았는데 아이 손톱을 깎아주지 않았다. 손톱을 깎아줘야 한다는 생각을 하긴 했는데 오늘 아침 등원시키기 전에 생각이 났고 잠이 깬 아이에게 "잠깐만~ 잠깐만~" 달래며 손톱깎이를 들이대봤자 아이가 내 말을 듣고 얌전히 있을 리 없었다. 결국 나는 아이의 손톱 깎는걸 포기하고 그냥 좀 지저분한 채로 어린이집에 보냈다. 가끔은 아이의 담임 선생님이 손톱을 깎아준다. 내가 깎은 적 없는데 깨끗해진 아이의 손을 보면 죄송하면서 한편으로 감사한 마음이 든다.

결혼이고 육아고 이런 것 같다. 나 아닌 다른 사람의 손톱까지 신경 써야 하는 삶. 때로는 아이뿐만 아니라 남편의 손톱과 발톱 상태까지 내가 일일이 신경 써야 한다니. 여직원들이 많은 회사인데 지저분하게 자란 손톱으로 출근하면 사람들이 괜히 (아내인) 나를 욕할 것 같은 이상한 심리에 남편을 다그쳐 기어코 12시가 넘은 야밤에 손톱을 깎게 만들기도 한다. 요즘은 정말 나만 신경 쓰면 끝이던 싱글 라이프와는 360도 다른 삶을 살고 있다.

비단 손톱 발톱뿐이겠는가? 이건 새 발의 피에 불과하다. 전에는 이렇게 급변한 나의 인생이 너무 피곤하고 지긋지긋했다. 벗어나고만 싶었다. 내가 하나부터 열까지 다 신경 써야 하니 숨이 턱 막힐 지경이었다. 내가 왜 결혼은 해가지고 이 고생을 하나. 그러다가 친정엄마를 생각하게 됐다. 엄마는 아직도 우리 집 냉장고를 신경 쓴다. 이 정도 되면 그냥 우리 집 냉장고가 엄마 눈에 훤히 보이는 단계가 됐다는 게 맞을 것이다. 엄마는 본인 냉장고는 블랙홀 중에 블랙홀이지만 우리 집과 언니네 냉장고에 썩어나가는 게 있는지 없는지 철저히 관리 감독한다.

나도 언젠가 장성한 아들에게 "너 손톱은 깎고 다니니?"라고 물을지도 모르겠다. 아, 생각만 해도 끔찍하다. 반면 내가 신경 쓰지 않아도 잘 굴러가는 아들의 삶이 조금 서운해지는 날도 오겠지. "내가 알아서 해요"라는 말을 들으면 눈물이 핑, 돌지도 모르겠다.

챙길 수 있을 때, 보살필 수 있을 때 가능하면 내가 우선인 상태에서 돌보며 살아야겠다. 벌써부터 품 안의 자식 걱정하는 내가 좀 우습지만 언젠가는 모두가 내 삶이 되지 않겠는가.

〰〰〰 그날 이후 그 남자와 난
어떻게 됐을까?

코코넛 비누를 주문했다. 코코넛 비누는 피부 트러블을 진정시키는 효과가 있단다. 나는 비누를 사용하지 않는다. 비누 대신 버블 클렌징을 쓴다. 계면활성제가 들어 있지 않다는 이유에서다. 비누는 남편이 쓸 것인데, 남편을 위해 비누를 주문하는 여자라니. 뭔가 아이보리 비누향 날 것 같은 배려다. 아, 아이보리 비누 하니까 떠오른 옛 추억 하나. 살면서 시간이 오래 지나도 잘 잊히지 않는 향에 대한 몇 가지 에피소드 중 하나다.

그때가 아마 2008년이었던 것 같다. 여름이 막 시작되려는

6월쯤이었던 걸로 기억한다. 1년 정도 독립 생활을 하다가 급성 A형 간염에 걸려 다시 엄마와 함께 살게 된 나는 퇴근 후 저녁이면 집 근처 인라인스케이트 장에서 걷기 운동을 했다. 워낙 뛰는 걸 싫어해서 그냥 걷기나 하자고 마음을 먹고 한동안은 빼먹지 않았다. 초여름의 밤바람이 시원하게 느껴질 때, 여느 날과 같이 저녁을 간단히 먹은 뒤 걷기 위해 집을 나섰다. 운동이라는 게 그렇듯 하는 사람이 계속하기 때문에 같은 장소에 가면 매일 보는 사람들이 몇 있다. 그중에 30대 초 중반으로 보이는 남자가 있었는데 아무 무늬 없는 흰 티셔츠에 부담스럽지 않은 반바지 차림으로 가볍게 인라인스케이트 장까지 뛰어와 이어서 트랙을 계속 도는 남자였다. 트랙이 좁고 하나뿐이어서 조깅을 하거나 걷는 사람들이 쭉 일렬로 원형을 계속 도는 셈이었는데 내가 걷고 있으면 가볍게 앞질러 뛰어가는 그의 뒷모습을 간혹 볼 수 있었다.

그렇게 그 사람이 스쳐 지나갈 때면 반드시 나는 향이 있었다. 이게 무슨 향이지? 내가 굉장히 좋아하는 향인데 뭐지? 코를 벌름거리며 그의 냄새(?)를 추적하던 나는 그게 아이보리 비누향이란 걸 알게 되었다. 너무 달콤하지도 너무 청량하지도 않은 그 향을 나는 좋아했다. 단단하고 흔해서 어릴 때 많이 쓰던 비누였는데 그 무렵은 슈퍼에서도 찾아보기 힘들었다.

나는 킁킁거리며 전보다 조금은 빠른 걸음으로 그의 뒤를 쫓기 시작했다. 얼굴은 자세히 기억나지 않는다. 기억이 날 만큼 강한 인상은 아니었나 보다. 그저 깨끗한 이미지였던 것은 확실하다. 저 남자도 퇴근 후 간단히 씻고 저녁을 먹은 뒤 운동하러 나온 걸까? 이런저런 생각으로 걷고 있을 때 어느새 엄마가 내 옆으로 와, "무슨 생각을 하는데 불러도 대답이 없어?"라고 했다.

"어? 불렀어? 못 들었는데."

당황한 나는 엄마를 보며 얼버무렸고 엄마는 뭔가 이상한 낌새를 챘는지 내 팔을 툭, 치며 말했다.

"너 저 남자 보고 있었지? 왜 관심 있어?"

역시 엄마의 촉이란. 나는 손사래를 치며 아니라고 했지만 강한 부정은 곧 긍정이요. 엄마는 알았다는 듯 고개를 가볍게 몇 번 끄덕였다. 뭘 알았다는 걸까? 그날도 그렇게 운동을 끝냈고 다음날 어김없이 나간 인라인 스케이트 장엔 그 남자도 역시 나와서 뛰고 있었다. 그 아이보리 비누 향과 함께.

그즈음 나는 운동을 나가면 일단 그 남자가 있는지 없는지부터 확인했다. 남자에게 비누 향이 난다는 게 이토록 플러스 요인이 될 줄은 생각도 못했다. 그의 모든 점이 다 좋아 보였다. 성격도 좋을 것 같고, 물론 자상할 것 같고, 성실할 것 같고. 이렇게 운동하는 걸 보면 자기 관리도 철저할 것 같고. 키도 몸매도 저 정도면….

"또 저 남자 보고 있었지?"

깜짝 놀란 나는 어느새 옆에 와 있는 엄마를 보며 포기했다는 듯, "저 남자 어떤 거 같아?"라고 물으니 엄마도 나쁘지 않은 것 같다고 했다. 그러더니 엄마는 "내가 애인 있냐고 물어봐줄까?"라고 지극히 아줌마스러운 발상과 발언을 했다. 나는 "안 돼!"라고 말하며 엄마를 앞질러 걷기 시작했다. 이렇게 초칠 순 없었다. 어쩌면 좋은 인연이 될지도 모르는 사람인데. 신중하자 생각했다.

한참을 그렇게 걷다가 다리가 아파 조금 쉬려고 벤치에 앉았을 때 안보이던 엄마가 저 멀리서 다가와 말했다.

"애인 없대."

으악!

"물어봤어? 왜, 왜!"

나는 경악을 금치 못했고 엄마는 웃겨서 어쩔 줄 몰라 했다. 나는 엄마가 일을 그르치는 것 같고 창피하고 쪽팔려서 쥐구

멍에라도 숨고 싶었는데 그 남자, 아무 일 없단 듯 계속 달리고 있었다. 이상한 촉을 느낀 나는 엄마를 바라봤고 그제야 깔깔 깔 넘어가던 엄마는 "뻥이야!"라고 말했다. 엄마는 이런 존재 다. 방심할 수가 없다. 언제 치고 들어올지 모른다.

애인이 없다는 엄마의 거짓말에 살짝 기분이 좋았던 건 사 실이다. 순간적으로 용기 내볼까, 거기까지 생각이 치고 나갔던 거다. 하지만 알고 보니 그건 엄마의 뻥이었고… 엄마는 그에 게 말 한마디 걸지 않았다. 한편으로 엄마가 그렇게까지 생각 없진 않구나 싶은 마음에 안심을 하기도 했다. 어쨌거나 그날 이후 그 남자와 난 어떻게 됐을까?

아무 일 없었다. 그로부터 얼마 지나지 않아 내가 여름밤 치 맥 먹는 유혹을 뿌리치지 못하면서 인라인 스케이트장에 운동 을 나갈 수 없었다. 그리고 그 무렵 새로운 남자친구도 생겼더 랬다.(그게 지금의 남편) 아직도 아이보리 비누 향을 맡으면 여 름밤 조깅하던 그 남자가 떠오른다.

향기는 이처럼 아주 오랜 시간 동안 기억에 남아 쉽사리 사 라지지 않는다.

연애할 수 없는 사람을 사랑하는 것

"근데 그거 아세요? 사람들이 착각하는 게 있는데, 사랑하고 연애는 다른 거예요. 사람들은 사랑이 연애랑 같다고 생각해요. 근데 그거 아니에요. 사랑하고 연애는 달라요. 너무 사랑하는데 연애할 수 없는 사람들도 분명히 있어요. 아시잖아요? 어떤 남자는 여자를 너무 사랑하는데 술만 마시면 여자를 때려요. 그럼 그 둘은 연애할 수 없는 거예요."

해가 져 어둑어둑해진 거리, 축 처진 어깨로 간신히 핸들을 움직여 차를 몰고 집으로 가는 길이었다. 올겨울은 참 길고 지난하다 생각하며 팟캐스트를 듣는데 내가 읽은 《연애의 이면》을 쓴 이영훈 소설가가 나와 연애와 사랑에 대한 이야길 하고 있었다. 뒷좌석 카시트에서 자다 깨다를 반복하는 아이를 신경 쓰느라 듣는 둥 마는 둥 하고 있었는데, 이 부분에서 귀가 쫑긋 세워졌다. 자연스럽게 허리를 곧게 세우고 손을 뻗어 볼륨을 높였다.

동감이다. 사랑과 연애는 다르다. 같을 수 없다. 물론 가장 바람직한 케이스는 사랑해서 연애하는 경우겠지만 우리 주변엔 그렇지 않은 경우가 더 흔하다. 내가 알고 있는 사람만 손꼽아도 몇 된다. 사랑해서 연애하면 가장 좋다고 했지만 생각해보면 그렇지 않아도 좋을 사람은 있다. 연애를 하면 싸우기도 하고 따질 것도 생기고 신경 쓸 것도 많아진다. 남녀의 연애, 그것도 꽤 피곤한 일이다.

하지만 사랑만 하면 이런 거 없어도 된다. 사랑은 좋은 거니까. 좋은 면만 보고 지낼 수 있다. 어떤 사랑은 좋아해서 '연애하고 싶은 욕심'을 부리면 하나둘 문제가 불거져 나온다. 한 예로 흔히 말하는 불륜이 그렇다. 결혼한 남자 혹은 여자가 자신의 배우자가 아닌 사람을 좋아하게 된다. 처음엔 심적으로 좋아만 하다가 점점 욕심이 생긴다. 분위기 있는 카페에서 같이 커피도 한잔 마시고 싶고 유명한 맛집에서 편하게 밥도 먹고 싶고 울적한 날 술도 한잔하면서 사는 이야기도 나눠보고 싶다. 그러다가 소주잔을 거머쥔 손이 유독 고와 보여 손도 잡아보고 싶어진다. 그렇게 그 사람이랑 연애하고 싶어지는 거다. 그 사람의 배우자가 가진 사랑을 나눠 갖고 싶은 거다. 아니 때론 독차지하고 싶다. 두 사람은 비밀을 간직하게 되고 불안하지만 스릴도 즐긴다. 이런 사랑이 얼마나 오래갈 수 있을까?

박현욱의 원작 소설 《아내가 결혼했다》가 영화로 만들어져 공전의 히트를 쳤던 때가 있었다. 그 발상이 도발적이고 위험한데 한번 해볼 만한 생각이라고 여겨졌다. A라는 남자를 사랑해서 결혼했다. 함께 있고 싶어서 같이 잠들고 싶어서, 데이트 후 헤어지는 게 무엇보다 힘들어서 결혼했다. 그런데 B라는 남자가 맘 한구석을 치고 들어온다. A가 싫어진 건 절대 아니다. 그녀는 A와 B를 동시에 사랑하고 싶다. 그럴 수 있다고 자부한다. 왜 안 되는 거지? 근데 그거 안 되는 건 아니다. 다만 겉으로 드러내면 위험한 거다. A와 결혼했는데 B라는 사람도 좋다면 B는 티 내지 말고 '사랑'해야 한다. 그게 가능한 사람이 있는가 하면 불가능한 사람도 존재한다. 영화 속 손예진처럼. 그럴 수 있다. 두 사람을 동시에 좋아할 수 있다. 내 마음인데 왜 내 마음대로 못하겠는가? 내 마음에 방을 여러 개 만들어서 나눠 사랑하면 그뿐이다.

　나도 그럴 수 있다고 생각하는 사람이다. 똑같은 사람은 없다. 각자 개성이 있고 사랑하는 이유도 제각각 다르다. 어느 누가 싫어서 다른 사람이 좋아진 경우가 아니라면 두 사람을 함께 사랑할 수 있다. 조용히 좋아하면 된다. 앞서 말한 것처럼 욕심만 부리지 않으면 그 사랑이 매우 오래 지속될 수도 있다. 그러나 사람들은 정도가 지나쳐 망하는 경우가 대부분이다. 어느 선에서 끊을 수 있어야 한다. 사랑에 빠졌지만 그 어느 때보다 절제해야 한다, 때론 브레이크를 걸어야 한다. 일본의 어느 유명한 역학자가 그랬단다. 사주가 아무리 좋은 사람도 절제 잘하는 사람 못 당한다고.

　사랑하고 연애는 다르다. 사랑해서 연애하지만 사랑해도 연애하지 못하는 사람도 있다. C라는 여자는 A라는 남자 앞에선 결핍을 드러내지만 B라는 남자 앞에선 슬픔을 드러내지 않는다. C에게 A는 연애할 수 있는 사람이고 B는 사랑하지만 연애할 수 없는 사람이다. A 앞에선 망가질 수 있고 가진 애교도 부리지만 B 앞에선 최대한 부족함 없는 여자처럼 보이고 더 나은 사람이고 싶다. C는 A와 B 둘 다 사랑한다. A는 부족함이 보여서 B는 너무 충만해서. C는 A를 위로해주고 B에겐 위로받길 원한다. 세상엔 수많은 사랑이 존재한다. 오늘 점심시간 동료와 나눈 주변 남녀 이야기만 해도 참 다양한 남녀 관계가 존재했다. 드라마가 아니라 현실에서. 허기사 현실이 더 영화 같은 요즘이니까. 이야깃거리가 끊이지 않는다. 글 쓰는 사람 입장에선 환영할 만한 일이다. 그러니 더 사랑하시길.

부부 사이에도 각자 좋아하는 것이 분명히 있어야 한다

고등학교 1학년 때였다. 당시 학교 근처에 살았던 나는 신도시로 이사를 가는 바람에 버스를 타고 통학을 해야 했다. 버스라는 게 반복의 산물이다 보니 하교 시간이 거의 비슷하면 내가 타는 버스의 운전기사도 늘 같은 사람이기 마련이다. 그 남자는 다른 버스 기사보다 젊은 편이었다. 아마 지금 내 나이보다도 어렸을 것 같은데, 학교 앞 버스 정류장에서 집에 가는 버스를 타면 일주일에 세네 번은 운전기사가 그였다. 젊다는 이유로 그가 인상적이었을 리 없다. 그는 가끔 핸들 위로 시집을 꺼내 펼쳤다. 그러니까 당시만 해도 스마트폰이 없던 시절이다 보니 신호 대기에 걸리는 지루한 시간을 버스 기사들은 신문을 보는 것으로 무료함을 달랬다. 그러나 그는 달랐다. 신문 대신 늘 시집을 읽었다. 신기하지 않을 수 없었다. 버스 기사가 운전하다가 시집을 읽는다고? 낯설었다. 하지만 그 낯섦이 꽹장히 시적이었다. 뿐만 아니라 버스 타는 사람들을 향해 빨리 타라고 재촉하지 않고 허둥거리는 사람을 느긋하게 기다려줄 줄 아는 성격의 소유자이기도 했다.

내 단짝 친구였던 S는 그를 짝사랑했다. 시집 읽는 버스 기사를 짝사랑한 여고생. 아, 뭐 이렇게 적고 보니 나름 낭만적이긴 하다. 근데 실제로도 그는 낭만적이었다. 그가 시집 읽는 걸 본 게 한두 번이 아니었기 때문에 더 그랬을 것이다. 그는 정말 책을 좋아하는 것 같았다. 그가 시집을 읽는 이유는 소설처럼 호흡이 길지 않기 때문이었을 것이다. S는 그가 읽는 시집의 제목을 알아내기 위해 가진 노력을 다 기울였으나 결국 알아내지 못했다. 이유는 그의 시집이 예쁜 꽃무늬 포장지로 잘 싸여 있었기 때문이다. 나는 거기서 S의 짝사랑은 짝사랑으로 끝날 거란 걸 예감했다. 하지만 S에게 표현하진 않았다. S도 알지만 인정하기 싫었을지도 모른다. 꽃무늬 포장지로 시집을 포장했다는 건 여자가 있다는 뜻이다. 내 추측대로라면 그 시집은 여자 친구 혹은 그의 아내가 선물했을 것이다. 콩깍지가 씌어도 단단히 씌었던 S가 그걸 인정할 리 없었다. S는 늘 버스를 타면 운전석 바로 뒷자리에 앉았다. 그 자리가 비어 있지 않으면 그 자리 옆에 서서 집까지 갔다. 어쩔 수 없이 나도 S의 옆에 서서 가야 했다. 나는 그 자리가 싫었지만 꾹 참아야 했다.

그로부터 약 6개월이란 기간 동안 일주일에 서너 번은 그의 버스를 탔으면서도 "아저씨 뭐 읽어요?"라고 말 한마디 걸어보지 못할 정도로 S와 나는 숙맥이었다. 원래 숙맥들이 이상한 거에 꽂히고 그런다. 지금에 와서 하는 말이지만 나도 그 버스 기사를 좀 좋아했던 것 같다. 하지만 분명한 것은 S는 흔한 버스 기사와 다른 그의 풋풋한 외모에 반한 거라면 나는 책을 읽는 그를 동경했던 것 같다. 신호 대기에 걸린 버스 운전기사가 시집을 읽는 건 그만큼 흔치 않은 일이니까.

나는 내가 책을 좋아하니까 책을 많이 읽는 남자와 결혼해야지,라고 생각한 적은 없다. 책 좋아하는 나를 인정해주는 사람이면 된다고 생각했다. 그러니까 책 읽는 나를 따분해하지 않고 기다려줄 수 있는 남자 정도면 충분하다고 생각했다. 왜냐면 그러지 못한 남자들을 만나봤기 때문이다. 의외로 책 읽는 여자를 이해하지 못하는 남자들이 더러 있다. 내가 그런 남자만 만나와서 그랬는지 몰라도 그들은 하나같이 정적이고 비활동적인 취미를 가진 여자친구에 대한 불만이 많았다. 물론 연애 초반부터 그런 걸 드러내진 않았지만 시간이 갈수록 나의 취향, 취미에 대해 따분해하고 심지어 답답하다는 의견을 내놓기도 했다. 결론부터 말하자면 지금의 남편은 일 년에 책을 단 한 권도 안 읽는 사람이지만(만화책은 빼고) 내가 좋아하는 책, 책 읽는 시간에 대해선 무조건 존중해주는 남자다. 다른 건 여기저기 늘어놓으면 잔소리하지만 책이 여기저기 늘어져 있는 건 뭐라 하지 않는다.(책이 인테리어 소품으로 매우 유용하다고 생각하기도 한다) 뿐만 아니라 내가 책을 읽고 있으면 내용을 궁금해하기도 하고, 얼마나 재밌는지에 대해 묻기도 한다. (하지만 읽어볼 생각은 일절 하지 않는다) 나의 시간을 배려해주는 그는 내가 책을 읽는 시간 동안 자신이 좋아하는 걸 한다.(그는 게임과 자전거 타기를 좋아한다)

연인이나 부부 사이에는 각자 좋아하는 것이 분명히 있어야 한다. 상대방을 너무 사랑한 나머지 '내가 좋아하는 건 무시돼도 상관없어'는 연애 초반에만 가능한 일이다. 두 사람은 각자 좋아하는 게 분명하고 뚜렷해야 한다. 그래야 함께 있는 시간을 잘 버틸 수 있다. 좋아하는 게 같다면 더 좋은 시너지를 낼 수 있겠지만 오히려 같지 않아서 더 긍정적인 효과를 낼 수 있는 것도 사실이다. 나는 남편에게 절대 독서를 강요하지 않는다. 권하지도 않는다. 그 또한 나에게 자신이 좋아하는 게임을 추천하지 않는다. 우린 그저 각자의 취미를 존중해줄 뿐이다.

다시 시 읽는 버스 기사 이야기로 돌아가보자. 그는 약 6개월 뒤에 소리 소문 없이 사라졌다. 아마도 회사를 옮긴 것 같았다. 더 이상 그가 운전하는 버스를 탈 수 없었던 S는 그로부터 얼마 후 같은 독서실에 다니는 재수생을 짝사랑하기 시작했다.

나는 어제 시집 한 권을 자동차 수납함에 꽂아놓았다. 차가 밀리거나 신호 대기에 걸렸을 때 휴대폰 대신 시집을 읽기 위해서다. 3년 전인가 우연히 택시를 타고 외근을 가다가 운전하면서 책 읽는 남자를 본 적 있다. 내 눈을 의심했다. 정말 차가 움직이는 와중에 그는 핸들 위에 책을 올려놓고 달렸다. 보면서 너무 위험하다는 생각을 함과 동시에 멋지다,라고 생각했다. 여전히 나는 책 읽는 사람을 동경한다. 그게 의외의 상황이라면 더 그렇다.

억지로 나를 바꾸다 보면
결국 바닥이 드러나기 마련이다

어떤 책은 반드시 읽는 '시기' 즉 '때'와의 궁합이 있다. 당장
은 집중도 안되고 페이지도 잘 안 넘어가는데 나중에 읽어보면
이렇게 재미있는 걸 왜 안 읽었을까 싶은 책 말이다. 나는 이
증상이 유독 심한 편이다. 그도 그럴 것이 책을 한꺼번에 왕창
주문하는 스타일이라 한 권 한 권을 그다지 소중하게 생각하지
않는다. 처음에는 당장 읽고 싶은 마음에 주문했지만 막상 책
이 오고 몇 장 읽어보면 주문할 때의 그 감흥이 아니어서 책날
개로 읽은 데까지 표시해둔 다음 나중에 다시 읽는다. 이 책 아

니어도 다른 책이 대기하고 있으니까 상관없다. 모르긴 몰라도 그렇게 책날개로 읽은 데까지 표시해둔 책이 꽤 많을 것이다. 언젠가는 반드시 완독은 한다.

며칠 전에도 1년 전에 사두고 생각보다 페이지가 잘 넘어가지 않아 마저 읽는 걸 포기하고 책장에 꽂아둔 책을 다시 집었다. 《스타카토 라디오》를 읽고 좋아하게 된 정현주 작가의 에세이 《거기, 우리가 있었다》인데, 목요일 오후 급하게 목걸이 관련 카피를 요청하는 메일을 받고 퍼뜩 아이디어가 떠오르지 않아 책장에 꽂혀 있는 책을 이것저것 들춰보다 좀 말랑말랑하고 아련한 사랑의 감정이 필요할 것 같아 이 책을 뽑아 휘리릭 넘겨보았다. 이 책 역시 책날개로 읽은 데까지 표시해두었는데 날개는 141쪽에 걸려 있었다. 어차피 내용이 이어지는 소설이 아니니 뒤에서부터 거꾸로 책을 다시 읽기 시작했다. 잠시 후 폭풍 밑줄을 긋기 시작했다.

"사랑은 '나를 너에게 주고 나는 비어가는 일'이 아닙니다. 서로의 경험과 느낌과 생각과 세상을 함께 나누면서 같이 넓어지는 것'이 사랑이길 바랍니다. (중략) 그리하여 이별 역시 '그가 나를 가져가서 내가 비어버리는 일'이 아니라 '그는 떠났지만 그에게서 배운 것이 내 안에 남는 일'이 되길 바랍니다."

– 정현주《거기, 우리가 있었다》

연애를 많이 해본 건 아니지만 솔직히 말하면 지금의 남편을 만나기 전에는 대부분 연애할 때의 나는 진짜 내가 아니었다. 그 사람에게 잘 보이고 싶고 있어 보이고 싶고 아는 것처럼 보이고 싶어서 나를 꾸며냈다. 술 센 여자를 좋아할 거라 짐작하고 잘 마시지도 못하는 술을 잘 마시는 척했다. 낯선 사람과 어울리는 일이 서툰데 친화력이 좋은 사람인양 굴었고 연락이 되지 않을 땐 쿨한 여자인 척 잔소리 한번 안 했다. 크게 아파서 병원에 입원했을 때 무심한 그 사람이 문병 한번 오지 않아도 서운해하지 않았다. 사실은 죽을 만큼 슬프고 괴로웠는데 말이다. 핫한 곳을 찾아다니며 데이트하는 것보다 익숙한 카페에서 각자 원하는 걸, 그러니까 나는 책을 읽고 상대방은 또 다른 취미를 즐기는 시간을 갖길 더 선호했는데 활발한 여자처럼 여기저기 다니자고 요구했다. 그가 한자리에 오래 머물러 있는 걸 싫어하는 사람이었으니까. 그의 친구들과 어울리며 비슷한 사람인 것처럼 웃고 떠들었다. 사실은 그들 사이에서 엄청난 괴리감을 느꼈고 술자리가 끝나고 집으로 돌아가는 길엔 늘 허탈

한 마음뿐이었다.

그런데 남편과 연애할 때 깨달았다. 내가 그동안 나를 엄청 숨기고 있었다는걸. 남편은 처음 만난 날부터 넉넉지 않은 가정 형편과 자신의 성격을 너무 솔직하게 얘기해서 살짝 거부감이 들 정도였다. 이 사람이 이런 얘길 왜 나한테 하는 거지? 내가 마음에 안 드는 건가?라고 생각할 정도로. 근데 시간이 지날수록 나도 그 사람에게 솔직하게 대할 수 있었다. 데이트할 때 잘 보이고 싶어서 높은 구두를 신는 대신 손잡고 오래도록 편하게 걸을 수 있는 운동화를 신게 되는 남자. 그런 내 모습조차 예뻐해줄 거란 확신이 있었다. 몰라도 아는 척하는 게 아니라, 모르는데 좀 알려줄래?라고 말할 수 있었다. 그런 내 모습이 전혀 창피하지 않았고 자존심 상하지도 않았다. 낮고 굵은 목소리로 내가 이해할 수 있게 차근차근 설명해주는 자상함이 좋았다. 데이트할 때도 카페 구석진 자리에서 책을 펼치면 그는 자연스럽게 가방에서 게임기를 꺼내 시간을 함께 공유했다. 나의 생각과 취향, 취미를 최대한 존중해주는 그런 남자였다.

아주 오랜만에 다시 펼친 이 책에서 카피에 도움이 될 만한 문구도 찾았고 심장을 툭 건드리는 문장도 만나게 되었다. 1년 전에는 못 보고 지나쳤던 문장이다. 남겨둔 페이지는 한 꼬집 정도밖에 안 되는 양이었지만 밑줄이 수두룩했다. 평소대로 밑줄을 긋고 필사를 해두면서 7년 전의 그와 나를 다시 생각해보게 되는 계기도 되었다. 어떤 결혼이든 연애할 때와 똑같을 순 없겠지만 그래도 많이 변하지 않고 따뜻함이 뚝뚝 떨어지는 눈빛으로 여전히 나를 바라봐주는 남편이 있어 다행이란 생각도 들었다.

억지로 나를 바꾸고 다른 사람인 척하다 보면 결국 바닥이 드러나게 마련이다. 누가 지치든 어느 한쪽은 지치게 되어 있고 그런 사랑은 당연히 오래갈 수 없다. 나 또한 원래 이런 나를 버리고 상대방이 좋아해줄 만한 사람으로 변하려고 노력했던 순간들이 있었다. 정말 바보 같고 어리석었다. 한마디로 어렸다. 그렇게 해서 누군가의 호감을 얻었다 해도 나는 금세 지치고 말았다.

책이 나에게 맞는 시기가 있듯 사람도 마찬가지다. 지금의 남편을 그때가 아니라 두세 살 더 어릴 때 만났더라면 결혼이라는 역까지 도달하지 못했을 수도 있다. 많은 사람이 이야기하듯 사람과 사람에게도 타이밍이란 게 있기 때문이다. 잔뜩 꾸민 나를 좋아했던 사람과 헤어진 후 심신이 지쳐있을 때 그를 만났기 때문에 결혼에 골인할 수 있었던 거다. (사실 그 전엔 결혼하고 싶은 마음도 없었다. 그를 만나 이 남자라면 과연 결혼 생활이 어떨까? 하는 호기심이 생기기 시작했다)

허세 가득한 사랑이 아닌 진짜 있는 그대로의 나를 보여줘도 되는 사람, 짜증 날 땐 짜증 내고 신경질 부릴 땐 그것마저도 이해해주는 사람 앞에서 맘 놓고 울 수 있을 때 한 사람과의 인연은 우리가 원하는 만큼 길어질 수 있다.

∿∿∿∿ 결혼 생활의 예상치 못한 복병은 택배였다

우리 회사 건물은 6층이고 '지금' 내가(지금이라고 하는 이유는 3개월마다 자리가 바뀌기 때문) 근무하고 있는 층은 5층이다. 5층에는 작은 회의실이 딸려 있다. 그리고 남편은 2층에서 근무한다. 그러니까 우리는 한 회사에 다닌다. 나로 말할 것 같으면 현재 근속 연수 1위로 2011년 7월, 결혼하고 신혼여행 갔다 온 다음 바로 출근했다.(이게 뭔 상관) 그리고 남편은 2017년 1월부터 출근했으니 (입사 순으로만 따지면) 까마득한 직장 후배다.

처음엔 당연히 걱정이 많았다. 왜냐하면 너무 어색할 것 같았으니까. 남편과 한 회사에 다니다니! 이건 나만 잘하면 되는 문제가 아니었다. 남편이 우리 회사에 입사하기로 결정하고 가장 먼저 든 걱정은 우습지만 세탁이었다. 더 정확히 말하자면 남편 옷의 상태. 무슨 고리짝 시대 같은 발상인지 모르겠지만 나는 아직도 사람들이 유부남이 입고 다니는 옷으로 아내의 센스를 판단할지도 모른다고 생각하고 있다. (나부터 그런 것 같다) 남편이 다른 회사에 다니면 티셔츠가 구겨지고(다시 한번 말하지만 티셔츠다) 셔츠에 김치 국물 흔적이 남아 있다 한들 그리 큰 걱정이 되진 않았을 것이다. 왜냐, 나는 그들을 모르고 그들은 나를 모르니까. 하지만 같은 회사에 다니는 건 다른 얘기다. 회사의 많은 사람들은 내가 누군지 알기 때문이다. 게다가 입사한 지 제일 오래됐다고 말하지 않았는가.

나는 먼지가 수북이 쌓였던 스팀 다리미를 걸레로 닦고 물을 채웠다.(제대로 작동되는 게 신기했다. 너무 오랫동안 다림질을 하지 않아서) 잘 마른 남편의 티셔츠를 걸어놓고 스팀 다리미로 다리기 시작했다. 이건 남편을 위한 게 아니라 날 위한 거였다. 에디터님은 남편 옷도 잘 챙겨주나 봐, ○○님한테선 늘 섬유유연제 냄새가 나더라구, 같은 소리가 듣고 싶었나 보다.(이 모든 게 부질없는 짓이란 걸 일주일도 지나지 않아 깨닫게 되었지만)

얼마 전 내가 근무하는 5층 회의실에서 디렉터와 엠디가 모여 회의를 했다. 디자인팀 유닛 리더인 남편도 참석자였던지 나와 눈을 마주치지 않고 쓰윽 회의실로 들어가는 남편을 (나는) 보았다. 회의 끝나면 내 자리에 와서 인사라도 하겠지,라고 생각한 나는 괜히 설레기도 했다.(이건 비밀) 근데 약 1시간 뒤 회의가 끝나고 직원들이 하나둘 나오는데 남편이 나를 보지도 않고 내려가버리는 거다! 나는 괜히 서운해져서 살짝 삐쳐 있다가 메신저로 잠깐 인사라도 하고 가지 왜 그냥 가셨습니까! 라고 물었다. 그랬더니 남편의 대답이 가관이다.

"어쩐지 창피해서….."

"아니 뭐가?"

"그냥 남들이 우릴 보는 게 창피해. 훗"

뭐야 그 변태 같은 웃음은. 그냥 내가 창피한 거 아니야? 나는 쳇, 하고 대화를 종료했다.

그러고 보니 직장을 옮긴 뒤 남편과 메신저로 하는 대화가 확(정말 확) 줄었다. 전에는 출근 잘했냐고 물어보는 것도 남편이고 점심시간에 밥 맛있게 먹으라고, 잘 먹었냐고 묻는 것도 남편이 먼저였다. 하지만 요즘은 내가 먼저 묻는다. 혼자 하는 일이 대부분인 나와 달리 회의가 많다 보니 그럴 수도 있겠다 싶었지만 어딘지 내가 예상했던 사내 CC의 모습과는 너무 달랐다.

그와 한 직장에 다니고 가장 좋았던 순간은 차 키를 가지고 오지 않았을 때다. 그러니까 예전엔 내가 아이의 하원을 맡고 남편이 등원을 맡았는데, 아침에 집에서 셋이 함께 출발해 나를 지하철역에 내려주고 남편이 아이를 어린이집에 등원시킨 후 차를 어린이집 앞에 주차해놓고 다시 지하철을 타고 출근하기 때문에 간혹 나는 차 키를 깜박하고 안 가져 나올 때가 있었다. 그러면 그의 회사가 있던 청담동까지 가서 차 키를 받아오기도 했다. 하지만 같은 회사를 다니는 지금은 차 키를 안 가져온 걸 알아채면 퇴근할 때 2층 테라스에서 만나자, 나 차 키 안 가져왔음,이라고 말하면 문제는 간단히 해결된다.

그러나 예상치 못했던 복병은 딴 곳에 있었다. 바로 택배. 나는 그간 남편 몰래 옷이나 가방, 신발을 주문해 집이 아닌 회사로 배송시켜 집으로 몰래 가져갔다가 내가 하고 다니는 걸 남편이 발견하면 원래 있었던 거라고 그를 속였다. (아마 알면서도 그는 넘어가주었다) 그런데 지금은 남편이 근무하는 2층 안내 데스크가 바로 택배를 받는 곳이다! 망했다. 그가 이직한 후 택배를 안내 데스크에 놓았다는 문자메시지를 받고 살금살금 도둑고양이처럼 찾으러 갔다가 중앙 회의 테이블에서 버젓이 회의하고 있는 남편과 정면으로 마주쳐 당황했던 적이 한두 번이 아니다. (물론 그가 시킨 택배를 내가 먼저 볼 때도 있다!)

우린 아마도 서로의 눈을 피해 물건을 주문하고 있었는지도 모른다. 뭔가 비밀 연애를 하고 있는 듯한 달달한 로맨스를 기대했다면 큰 오산. 우린 어디까지나 결혼 6년 차 부부고 그냥 한 직장 동료일 뿐, 그 이상도 그 이하도 아닌 거였다.

그럼에도 불구하고
이 남자와 결혼을 한 게 다행이다

　가을방학의 〈가끔 미치도록 네가 안고 싶어질 때가 있어〉라는 곡을 좋아한다. 한동안 안 듣고 지내다가 오늘 출근길에 문득 생각이 나 무한 반복으로 들으며 회사에 도착했다. 잔잔해서 책 읽으며 듣기에도 무리가 없다. 가사가 있음에도 독서 BGM역할을 충분히 한다.(원래 책을 읽거나 글을 쓸 땐 가요를 잘 듣지 못한다) 그러나 이 노래를 좋아하게 된 계기는 가사 때문이기도 하다. 가사 중에 "너 같은 사람은 너밖에 없었어. 마음 둘 곳이라곤 없는 이 세상 속에서"를 들을 때마다 나는 (오랜 연인이기도 한) 남편이 떠오른다. 내가 그와 결혼을 결심하게 된 동기가 바로 이 가사처럼 나를 사랑해줄 사람은 그 사람밖에 없을 것 같았기 때문이다.

첫인상은 별로였다. (지금과 다르게) 깡마른 몸에 얼굴에 여드름도 많았다. 키는 컸지만 스타일이 맘에 쏙 드는 건 아니었다. 훗날 남편도 나에게 고백했다. 내 스타일도 그다지 맘에 들진 않았다고. 처음 만난 자리부터 저녁 3차까지 대화는 이어졌지만 알 수 없었다. 이 남자가 날 맘에 들어하는 건지 아닌지. 굳이 그 이유를 말하라면 그가 내 앞에서 자신을 너무 많이 내려놓았기 때문이다. 첫 만남에서 여자가 맘에 들면 대부분 자신의 잘난 부분을 드러내고 싶기 마련 아닌가? 그런데 남편은 집이 그렇게 경제적으로 넉넉하지 않다느니, 결혼하면 어머니를 모시고 살아야 될지도 모른다느니, 어려운 이야기만 늘어놨다. 그의 이야길 들으며 고개는 끄덕였지만 '그래서 뭐 어쩌라고?'의 심정이었다. 거하게 술이 취한 우리 둘은 집 방향이 달라 신촌역에서 헤어져야 했는데 남편이 잘 가라는 인사를 하더니 느닷없이 이렇게 말했다.

"악수 한번 해도 돼요?"

그전까지 알 수 없었던 나에 대한 그의 마음을 그때 조금 짐작했던 것 같다. 나를 마음에 들어한 건가? (근데 왜 난 자꾸 이 남자의 마음에 들고 싶어하는 거지?) 어쨌거나 악수를 하고 각자의 전철에 올라타 문자를 주고받았다. 조심히 잘 들어가라고.

그렇게 주말이 지나고 월요일부터 줄기차게 연락을 해온 남편과 나는 일주일 만에 사귀기로 하고 연애를 시작했다. 그 연애가 지금의 결혼이 될 줄은 꿈에도 몰랐지만. 어쩌다 보니 이렇게 됐다. 남편은 뭐든지 내 위주로 생각해주는 사람이었다. 내가 가고 싶은 곳, 먹고 싶은 것, 하고 싶은 일 등 내 의사를 물은 뒤 스케줄을 정했다. 남편을 만나면 너무 편했다. 동성 친구들을 만나는 것보다 편했다면 이해가 될까? 말이 많지 않은 나는 그 앞에선 수다쟁이가 됐다. 모르는 게 있으면 모른다고 솔직히 말해도 아무렇지가 않았다. 자상하게 다 알려주니까. 무엇보다 이 남자 앞에선 자존심을 세우지 않아도 됐다. 그런 게 왜 필요하지? 사랑하는 사이에,라는 생각이 들었다. 남편과 연애하면서 그 전엔 내가 얼마나 피곤하게 연애를 했는지 깨닫게 되었다.

연애하는 동안 딱 한번 남편에게 헤어지자고 제안(?)했던 적이 있었다. 이유는 너무 착하고 나만 아껴주는 이 남자와 떨어져도 살아질까,가 궁금했다. 흔히 다른 연인들이 하는 것처럼 시간을 좀 갖자,라고 뻔한 이야기를 했다. 남편은 제법 당혹스러워했고 처음엔 받아들이지 않았지만 나중에는 자신이 연락할 때까지 연락하지 말라고 엄포를 두기도 했다. 난 그러겠다고 대답했다. 토요일, 우린 잠정적 이별을 했다. 일요일은 둘 다 아무런 연락 없이 잘 넘겼다. 월요일도 그럭저럭 보냈다. 화요일 아침 출근하는 지하철에서 남편의 문자 메시지를 받았다.

'도저히 안 되겠어. 그만하자. 보고 싶어.'

복잡한 출근길 지하철에서 이 문자 메시지를 받고 든 생각은 딱 하나였다.

'난 이 사람 아니면 안 되겠구나. 이 남자와 결혼하자.'

그러니까 난 남편과 같은 사람을 본 적이 없고 만난 적이 없고, 만날 수 있을 것 같지도 않았다. 이렇게 나만 바라보고 사랑해주는 남자를 말이다. 연애하는 기간에도 사랑은 식고 변한다. 하지만 이 남자는 늘 한결같았다.(솔직히 결혼한 후엔 조금 변했다. 그건 뭐 나도 그러니까.) 그렇게 마음을 먹고 나자 결혼식은 정말 얼렁뚱땅 치러졌다. 남들은 1년 전부터 식장을 예약해놓고 집도 미리 구하고 살림도 미리미리 보러 다니고 한다던데 우리는 뭐 그냥 다 쉬웠다. 서로에게 기대지 않고 제로에서부터 시작한 결혼이었기 때문이다. 신혼집도 오피스텔 원룸이었고 이미 가전제품이 다 빌트인 되어 있어서 살 게 가구밖에 없었다. 침대 하나, 화장대 하나, 네 칸짜리 서랍장 하나. 정말 소박하게 시작한 신혼이었다. 퇴근하고 돌아오며 마트에서 수저 세트를 샀고 또 다음 날 퇴근하고 돌아오며 프라이팬을 샀다. 살림은 그때그때 필요한 게 생기면 사자, 주의였다. 서로의 경제 사정을 너무 뻔히 알아서일까, 가진 게 없다고 얘기하는 것도 쉬웠다. 그땐 금요일 밤 심야 영화를 보고 헤어지지 않고 같은 곳으로 들어갈 수 있다는 것만으로도 행복했으니까.

사랑은 상대에게 콩깍지가 씌이는 게 아니라 콩깍지가 벗겨졌음에도 불구하고 상대를 사랑하는 거라고 했다. 이럴 리 없는데 좋아하는 마음, 그럴 리 없는데 애틋한 마음, 그게 바로 사랑이란다. 결혼하고 6년이 지났다. 결혼을 단 한 번도 후회한 적이 없다는 건 너무 새빨간 거짓말이니 당연히 믿지 않을 것이다. 나도 그런 거짓말은 하고 싶지 않다. 하지만 그럼에도 불구하고 나는 이 남자와 결혼한 게 다행이란 생각을 '살면서' 참 많이 했다. 아직까진 늦은 밤 터덜터덜 집으로 돌아가는 골목길, 그의 듬직한 팔에 팔짱을 낄 때 밀려드는 행복감이 너무도 좋으니까.

PS.

가을방학의 〈가끔 미치도록 네가 안고 싶어질 때가 있어〉가 맘에 드는 이유 중 하나는 가끔 네가 미치도록 '보고 싶어질 때가 있어'가 아니라 '안고 싶어질 때가 있어'이기 때문이다.

구체적인 표현이 좋다. 사랑하는 사람을 안았을 때 그의 티셔츠에서 느껴지는 촉감과 향기가 맡아지는 것 같다. 동시에 내가 지을 수 있는 표정과 만족감이 '보고 싶다'보다 훨씬 디테일해진다.

아이가 없는 삶을 여전히
갈망하지만 후회하진 않는다

　뭔가를 읽거나 쓰지 않을 땐 팟캐스트를 듣는다. 나의 팟캐스트 목록은 모두 책과 관련된 것으로 오전 시간, 업무에 바로 집중하기 힘들면 메일을 확인하거나 웹서핑을 하는데, 주로 그때나 출퇴근길에 걷거나 운전을 하면서 듣는다. 손과 눈으론 '놀고' 있지만 귀로 책 이야기를 들으면 놀아도 마냥 노는 것 같지 않다. 작년부터 듣기 시작한 요조, 김관의 〈이게 뭐라고〉(지금은 요조, 장강명의 〈책, 이게 뭐라고〉로 바뀌었다)는 이동진의 〈빨간 책방〉보단 좀 쉽고 대중적인 느낌이라 설거지할 때

나 샤워할 때, 그러니까 띄엄띄엄 들어도 될 때 듣는다. 업데이트되는 순서대로 들을 때도 있고 제목을 보고 흥미로운 주제를 골라 듣기도 하는데(결국 내 마음대로 듣는데) 최근 제목을 보고 재생 버튼에 선뜻 손이 가지 않던 방송이 있었다. 그건 아이 없는 삶에 대해 이야기 나누는 시간으로 사카이 준코의 《아무래도 아이는 괜찮습니다》라는 책을 다루는 모양이었다. 이 방송을 내내 미루다가 오늘 아침 출근해서, 역시나 블로그와 메일함을 뒤적거리고 주말 동안 즐겨 가는 쇼핑몰에 새로 업데이트된 상품을 둘러보며 들었다. 내가 왜 이 방송을 자꾸 미뤘냐 하면… 글쎄… 질투심 같은 거라고 해야 되나? 아무튼 조금 복잡 미묘한 감정 때문이었다.

나는 한때 딩크족을 희망했다. 딩크족. 좀 생소한 단어가 아닌가 싶은데, 정상적인 부부 생활을 지속하면서 의도적으로 자녀를 두지 않는 맞벌이 부부를 가리켜 딩크족이라 한다. 나 또한 결혼을 해도 아이는 낳지 않겠다고 다짐했었다. 나는 아이를, 심지어 조카도 별로 예뻐하지 않는 사람이었다. 혼자 있길 좋아하고 책 읽는 시간을 각별히 여겼다. 아이로 인해 내 시간을 침범당하는 걸 못 참아했다.

처음부터 아이가 싫었던 건 아니다. 20대 중반, 미술 학원에서 아이들을 가르치면서 정도가 심해졌다. 종일 아이들에게 시달리다 집에 돌아오면 당시 같이 살던 4살짜리 조카 보는 게 힘들 정도였다. 그땐 결혼도 안 했고 당연히 내 아이도 없으니 아이란 존재의 장점보다 단점을 먼저 알아버린 거였다. 이런 생각을 속으로만 했다가 혼사가 오고 갈 땐 가족들에게 넌지시 말했고 당시 남자친구였던 지금의 남편에게도 결혼은 해도 아이는 낳지 않을 거라고 선언했다. 그는 나의 의견을 존중했지만 내심 아이에 대한 미련은 버리지 못했다. 어쨌거나 그로 인해 시어머니와의 사이에서 생길지 모를 갈등에 대해선 내게 바통을 건네받은 남편이 알아서 해결해주길 바랐다.

미술 학원에서 말 안 듣는 아이들에게 시달린 것도 원인이지만 한때 맞벌이 문제로 같이 살았던 언니 부부, 특히 언니의 삶을 보면서 마음을 굳혔던 것 같다. 워킹맘이었던 언니는 퇴근 후에도 제대로 쉬지 못했고 늘 뭔가에 쫓기듯 전전긍긍했다. 친정 엄마가 같이 살면서 조카를 돌봐줬지만 나는 늘 아이가 우선인 언니의 삶이 못마땅했다. 언니는 졸려 죽겠는데 자고 싶을 때 자지 못했다. 아이가 잠들 때까지 계속 업어줘야 했고 맛있는 음식도 편히 먹지 못했다.

뿐만 아니라 나는 좀 이기적이게도 내가 번 돈은 나만을 위해 쓰고 싶었다. 그러니까 아이의 미래, 즉 학비나 결혼 자금을 위해 내 돈과 인생을 허비하고 싶지 않다는 단순한 생각이었다. 무엇보다 내가 누군가의 인생을 책임져야 한다는 부담감을 떨칠 수 없었다. 어쨌든 그렇게 힘든 언니를 제대로 도와주지도 않고 휴일이면 놀러 나가기 바쁜 철없는 동생이었다. 3살짜리 아이를 키우는 요즘 그때를 돌이켜보면 얼굴이 홧홧거린다. 어쩜 그렇게 언니를 안 도와줄 수 있었을까? 어쩜 그렇게 나 몰라라 했을까? 그런 나와 달리 4살 터울의 딸 하나 아들 하나, 아이를 둘 키워본 언니는 지금 내 아들인 조카를 종종 하원시켜주고 집에 데려가 나보다 더 신나게 놀아준다. 그때그때 필요한 옷이며 영양제, 먹을거리를 엄마인 나보다 더 잘 챙겨준다. 가끔 주말에 집에 있을 때면 아이가 뜬금없이 이모를 찾을 정도로 말이다.

그럼에도 불구하고 나는 여전히 아이 없는 삶이 부러운지도 모르겠다. 당연히 지금 내 아들이 세상 그 무엇과 바꿀 수 없을 만큼 사랑스럽고 예쁘지만 아이가 없는 시기에 내가 얻을 수 있는 것들, 그러니까 내가 포기하지 않아도 되는 것들을 갈망하고 있는지도 모른다. 그래서일까 내가 딩크족을 결심했던 10

년 전만 해도 이런 사회적 현상(아이 없이 살아도 괜찮다는)을 다룬 책이 없었던 반면 요즘 들어 하나둘 출간되기 시작하는 게 반가우면서도 마음 한편으론 '이제 와서 읽어봤자 뭐하나' 싶은 생각이 먼저 든다. 이제 '아이 없는 삶'은 나와 상관없는 딴 세상이 되었으니까. 아이 없는 삶의 장점에 대해 쏟아내는 이야기를 들으며 배 아파질 게 분명하니 말이다.

특이하게도 나처럼 오래전 학교에서 아이들을 가르친 경험이 있는 가수 요조가 그때 이후 아이가 싫어졌다는 이야기와 비행기에서 시끄럽게 우는 아이를 어쩌지 못하는 상황을 겪고 나서 아이가 두렵다는 에피소드를 말한 김관 기자, 그리고 잘 키우지 못할 것 같아서 안 낳기로 했다는 연희동 한민경 선생의 말까지 모두 다 공감하고 이해되는 말이지만 팟캐스트를 듣는 엄마인 나는 못내 불편한 게 사실이었다. 그건 입장이 바뀌었으니까 당연했다.

아이를 낳지 않기로 결심하고 남들에겐 말하지 못했지만 딱 한 가지 아쉬웠던 건 나는 절대로 엄마만이 쓸 수 있는 글을 못 쓰겠구나,였다. 엄마가 아니면서 엄마인 척 쓰는 글은 아이를 한 번도 키워보지 못한 여자가 육아의 고통을 운운하는 거나 다름없다.

결혼 후 4년이 지나고 계획하지 않았던 임신이 덜컥 되었고 그걸 내 눈으로 확인했던 순간을 아직도 잊을 수 없다. 물론 절망스럽다,가 아예 배제되었다면 거짓말이다. 그 순간은 공포였고 두려움 자체였다. 그렇게 싫다 하는 걸 겪게 되었으니 오죽하랴. 근데 딱 두 번의 순간 그 모든 게 따사로운 햇살에 눈 녹듯 사그라졌다. 한 번은 나에게 "엄마"라고 부르는 존재가 생긴다는 걸 상상했을 때였고, 또 다른 하나는 '엄마의 글'을 쓸 수 있게 됐다는 거였다. 거짓말하지 않아도 있는 그대로 솔직하게 써내려 갈 수 있겠단 생각에 가슴이 벅차기도 했다. 뭘 써야지, 가 아니라 쓸 수 있다는 것만으로도 좋았다. 엄마만이 느낄 수 있는 감정, 그러니까 내가 가질 수 있는 감정의 폭이 넓어졌다는 것도 빼놓을 수 없고 아이를 키우면서 겪게 되는 모든 에피소드가 내겐 글감이 될 거란 생각에 흥분되기도 했다.

　아이 없는 삶을 여전히 갈망하고 있다곤 했지만 그때의 선택을 절대 후회하진 않는다. 시간을 되돌려도 난 지금처럼 아이를 낳았을 것이다. 세상 모든 엄마의 이상형은 자기 배 속으로 낳은 아들뿐이라는 말을 격하게 공감하는 아들 바보 엄마가 되었을 것이다.

내일은 8센티미터 힐을 신고 출근할 거야

헐레벌떡 가방을 둘러메고 현관에서 잠시 망설였어. 8센티미터 하이힐을 신을까, 3센티미터 로퍼를 신을까 하고. 옷은 뭐 둘 다 그럭저럭 잘 어울릴 것 같았어. 두 개의 구두를 놓고 한 2분쯤 주저했을까 결국 3센티미터 로퍼를 발에 꿰고 현관문을 열었지. 나는 늘 요즘 같은 날씨를 두고 온도 없는 바람이 분다고 말해. 목에 머플리를 두르지 않았는데도 살 만하다. 대구는 어때? 대구는 여기보다 봄이 빨리 찾아왔겠지? 네가 자부하는 너희 집 마당에 핀 매화가 올해는 어떤지 궁금하다. 흐드러지게 핀 매화꽃을 매년 너의 SNS에서 가장 먼저 볼 수 있었는데.

J야 어떻게 지내니? 3주 전 내 아들 돌잔치가 언제냐고 묻는 너의 카톡 이후 통 연락이 없었네. 너는 늘 아무렇지 않게 생각이 나더라. 어떤 날은 버스를 타고 가다가 창밖으로 단발머리 아가씨를 보면 네가 떠올라. 어떤 날은 커피빈 안에서 혼자 커피를 마시는 여자를 보면 네가 생각나고. 단발머리의 너는 마음이 뒤숭숭하면 홀로 카페에 가 페퍼민트 차를 마셨으니까.

너와 내가 한 사무실에서 가운데 책상 하나를 사이에 두고 일하던 게 벌써 6년 전이야. 우리는 결혼도 안 하고 애도 안 낳고 늙지도 않을 줄 알았는데 무슨 깡이었니, 그런 생각을 한 건. 떠올리면 웃음부터 나온다. 특별할 거라 믿었지만 우린 보통 사람들이었나 봐. 11시까지 빡 세게 야근을 하고 회사 근처 치킨집에서 너랑 마시던 맥주가 피로 회복제였는데. 그땐 일도 많았고 또 열심히도 했다. 매일 회사 욕하고 투덜대면서도 왜 그렇게 열심히 했는지. 싫다, 싫어하면서도 보람을 맛볼 수 있는 데가 일밖에 없었으니까.

너는 나보다 덩치가 컸지만 섬세했지. 세 자매의 맏언니답게 집에서 과일을 챙겨와 나에게 먹이기도 했고 내가 타준 아이스커피가 제일 맛있다고 날 추켜세워 줬어. 그냥 믹스커피로 탄 거였는데. 너보다 잘난 게 없는 나를 늘 존중해주는 네가 있어서 나는 네가 영영 나와 함께 여기 서울에 있을 줄 알았나 봐.

내가 너보다 한 1년 먼저 결혼을 하고 뒤이어 너도 결혼을 하면서 넌 남편과 함께 대구로 내려갔어. 요즘도 육아와 회사 일에 지쳐 힘들 때마다 밤늦더라도 좋으니 너랑 만나서 치킨에 맥주 한잔만 기울일 수 있으면 얼마나 좋을까 생각해. 그건 너도 마찬가지겠지.

우리 어릴(?) 땐 참 멋 부리기 좋아했는데. 둘이 취향도 비슷해서 자주 가는 쇼핑몰도 공유하고 말이야. 지금도 그렇지만 그때도 택배 기다리는 낙으로 살았잖니. 너는 허리를 바짝 졸라매고 A라인으로 퍼지는 롱 치마를 즐겨 입고 굽이 튼튼한 통굽 하이힐을 즐겨 신었지. 자리에 앉아 주먹으로 발바닥을 통통 치는 한이 있더라도 힐을 고수하던 너였는데. 나 또한 일주일에 2, 3일은 높은 구두를 즐겨 신었지. 그때는 짧은 치마도 종종 입고 허리와 배에 딱 붙는 티셔츠도 자주 입었어.

6년이란 시간이 무색하게 흘렀어. 그 사이 너와 나는 많은 걸 포기했지. 아이 우선, 남편 우선. 뭐 다른 엄마들만큼 투철하진 않지만 예전에 비해 많이 내려놓은 건 사실이야 그치? 가끔 전화로 넋두리를 늘어놓을 때면 우린 왜 결혼을 해서 이런 고생을 할까,라며 깔깔거렸는데. 결국 통화 말미에는 우리 남편 같은 사람도 없다, 애 때문에 웃고 산다,잖아.

일주일에 한 번, 아니 매일 플랫슈즈만 신으면 어때? 어릴 때 힐 많이 신어봤으니까 괜찮지 않니? 너는 얼마 전에 남편 점퍼를 샀다고 했어. 나는 화를 버럭 내며 "남편 것 말고 네 거 사!"라고 소리쳤지. 허리를 꼿꼿이 세우고 높은 구두를 즐겨 신으며 유행에 뒤처지지 않던 너를 떠올리니 안 봐도 뻔한 지금 너의 모습이 오버랩되면서 조금 속상해지기도 했어. 우린 늘 다시 글을 쓰자, 둘이 다시 머리를 맞대고 뭔가를 만들자, 다짐하지. 말처럼 쉽지 않은 현실이지만 매번 말로만 그럴지도 모르지만, 이런 다짐은 끝까지 놓지 않았으면 좋겠어. 언젠간 하지 않겠니?

내일은 8센티미터 하이힐을 신고 출근해야겠어. 아이를 안을 때 조금 뒤뚱거릴지 모르지만 조심하지 뭐. 서로 한 공간에서 아무 말하지 않고 있는 시간도 어색하지 않은 내 친구 J야. 사방이 초록으로 물드는 초여름이 오면 아이를 데리고 꼭 네가 있는 대구에 놀러 갈게. 그때는 편하게 플랫슈즈를 신어야겠지. 아장아장 걷기 시작한 아이를 잡으러 다니려면 말이야.

그럼 그때까지 무사!

4장

적당히 미움받고
적당히 사랑받는 게 최선이다

〰〰〰〰

관계도 자신의 리듬에 맞게 맺으면 된다

　인맥이 좁은 나는 알고 지내는 사람이 많아 늘 바쁜 사람들에게서 느껴지는 아우라가 부담스럽다. 그들은 어딘지 나와 다른 세상에 사는 것처럼 여겨진다. 아주 가끔, 어쩌다가 그런 사람들과 어울리는 내가 스스로 낯설게 느껴질 정도다. 그러나 어떤 사람은 자신과 반대의 성향을 가진 이들에게 끌리곤 한다. 나처럼 낯을 많이 가리고 수줍어하며 인맥도 좁은 사람이 대범하고 활발하고 방대한 인맥을 가진 사람에게 끌린다는 거다. 왜? 사람은 내가 가지지 못한 것을 더 갖고 싶어하니까.

그러나 100퍼센트 공감하긴 힘들다. 난 그런 사람들은 그저 나와 깊은 인연을 맺을 수 없다고 치부해버린다. 그런데 희한한 것은 내가 이처럼 저 사람은 나와 달라서 절대 가까워질 수 없어,라고 생각한 사람과 나중에 친해지는 것뿐만 아니라 베프가 되는 경우가 더러 있었다는 거다. 여기서 더러 있었다는 건 나의 몇 안되는 지인으로 봤을 때 확률이 꽤 높다는 게 포인트다. 결국 나는 아니라고 하면서도 그들에게 끌리고 그들과 가까워지고 싶어하는 건 아닐지.

아는 사람이 많고 친구가 많다는 건 그 사람이 굉장히 부지런하단 뜻이기도 하다. 어찌 됐건 인맥이란 만남을 비롯해야 벌어지는 결과이기 때문에 나가기 싫은 모임과 약속도 어기지 않고 반드시 챙겨야 한다. 자신의 피로도보다 그들과의 관계가 우선인 것이다. 반면 나는 어떤가? 나는 워낙 귀차니즘을 타고났기 때문에 어쩌다 잡은 약속도 취소가 되면 쾌재를 부른다. (약속 취소가 너무 좋다! 그렇다면 약속은 왜 하는 건지!) 약속을 기다렸음에도 불구하고 일단 취소가 되면 마음에 안정이 찾아온다. 무릇 나는 혼자 있는 게 가장 편하다. 오랜만에 친구들이나 동료를 만나면 재미는 있지만 알게 모르게 나의 에너지가 소진되는 걸 느끼면서 피곤이 몰려온다.(어떤 이들은 사람을 만나면 에너지를 얻는다던데) 아무 말도 하기 싫지만 호응을 해주고 고개를 끄덕여줘야 하는 시간들을 버티는 게 한편으론 버겁다. 하지만 싫다고 대범하게 표현하지도 못한다. 소심하기 때문이다. 약속을 잡았는데 너무 피로해서 못 나갈 것 같아도 선뜻 먼저 다음에 만날래?라고 말하지 못하고 누군가가 취소해주길, 하고 바란다. 그러다가 약속을 취소하는 사람이 나타나면 내 입장에선 손 안 대고 코 풀기다.

그러고 보니 나는 늘 가던 길만 걷고 식당도 좋아하는, 아는 식당만(맛있다는 확신이 있는 곳) 간다. 만나던 사람만 만나고 옷을 산 경험이 있는 쇼핑몰에서만 산다. 나의 영역에서 벗어나길 두려워하는 게 분명하다. 그 좁은 영역에서 벗어나길 두려워하니 만나는 사람도 한정적일 수밖에. 인맥을 넓히고 싶은 야심도 없고 말이다. 어떤 이들은 일부러 인맥을 넓히기 위해 생소한 모임을 찾아다니거나 어떻게 해서든 자신을 낯선 장소에 집어넣는다. 처음 만나는 사람을 가장 반가워하고 자신의 호기심에 발동을 거는 이에게 관심을 기울인다.

인맥이 넓고 좁음과 바쁘고 한가한 정도는 인생을 잘 살았다 못 살았다와 전혀 관계가 없다. 그런 잣대로 삶을 판단하는 건 매우 어리석다. 다만 늘 만나는 한 사람을 만나더라도 거기서 내가 어떤 즐거움을 맛보면 그만이다. 집순이라 해도 삶을 잘못 산 게 아니란 뜻이다. 활동 영역이 좁을 뿐이다. 혼자 있길 좋아하고 집에서 안 나가는 이에게 사람들은 밖으로 나가라, 많은 관계를 가져라,라고 충고하지만 우선되어야 할 것은 당사자에게 그런 삶의 패턴이 맞을지부터 확인하는 것이다.

누구에게나 맞는 옷이 있듯 관계도 마찬가지다. 우선은 내가 즐거워야 한다. 사람 만나는 게 불편하고 언짢은데 거기서 괜찮은 관계가 싹트기는 힘들다. 그렇게 시작된 관계가 뭐 그리 대단하겠는가. 자신의 리듬에 맞게 살면 된다. 바쁘게 사는 사람을 보며 내가 그러지 못함에 대해 안절부절할 것 없다. 나답게 살면 그만이다. 잘 안되는 것에 애쓰지 말지어다.

적당히 미움받고
적당히 사랑받는 게 최선이다

어딜 가나 왜 싫어하는 사람은 늘 한둘씩 있는지 모르겠다. 부서가 변경되거나 자리가 바뀌는 일로 맘에 안 드는 B에게서 벗어났다고 생각했는데 새로 옮긴 장소나 팀에서 그와 비슷한 사람이 또 나타난다. 그래서 어느 직장이든 이상한 사람 한둘은 꼭 존재한다고 했던가. 그걸 바로 돌아이 질량 보존의 법칙이라고 했던가. 돌아이가 퇴사하면 그만한 돌아이가 또 어디선가, 전혀 생각지 못한 부서에서 툭 튀어나온다는.

회사에 얼굴을 보고 싶지 않은 사람이 있다. 어떤 사람이 싫어지면 그의 목소리 혹은 큼큼거리는 잦은 기침 소리도 듣기 싫어진다. 이유 없이 싫은 건 아니다. 당연히 이유는 존재한다. 마음에 안 드는 사람을 의식하면 산다는 게 얼마나 지치고 짜증 나는 일인지 잘 알지만 싫은 걸 어쩌겠는가. 누구를 미워하면 가장 힘든 건 미움받는 사람이 아니라 미워하는 나 자신이라고 했다. 맞는 말이다. 하루 종일 그 인간과 말 한마디도 섞지 않는데 이렇게 괴로운 걸 보면 나 스스로 고통을 자처하고 있는 것이다.

직장 생활 십수 년이 지나도 이와 같은 고민은 끝이 없다. 허기사 사람이 많이 모이는 곳인데 갈등과 고민이 없다면 그것도 이상하겠지. 근데 사회 초년생이었던 시절부터 늘 이런 대인 관계에 대한 갈등을 안고 살았던 걸 감안, 이쯤 되면 나에게 문제가 있는 건 아닌지 의심스럽다. 나를 미워하는 사람도 당연히 있다. 모르긴 몰라도 내가 미워하는 상대방도 100퍼센트 나를 싫어하고 있을 것이다. 육아휴직을 마치고 회사에 복귀해서 친한 동료와 밥을 먹었는데 그 동료가 건너 들은 이야기라며 해준 말이 A라는 직원이 내가 육아휴직에서 돌아오지 않았으면 좋겠다고 했다는 거였다. 그 말을 듣고 약간 욱, 하긴 했으나 그 사람이면 그런 말을 할 만도 하지, 하고 넘겨버렸다. 왜냐

하면 나도 그 사람이 빨리 여길 관뒀으면 하고 바랐으니까. 원인 없는 결과는 없다. 나도 꽤나 미움받고 있는 모양이다.

싫어하는 사람이 신경 쓰여 죽겠는데 꼭 내가 싫어하는 사람은 저기 어디쯤에서 큰 목소리로 웃고 떠든다. 너까짓 게 날 미워해도 난 개념치 않아,라고 비웃기라도 하듯. 왜 그 사람은 늘 웃고 있는 걸까? 내 목소리는 왜 이유 없이 점점 작아지는 걸까? 그렇게 웃음소리나 말소리가 듣기 싫어지면 이어폰을 꽂는다. 조용히 하라고 하지는 못하니까.

어떻게 모두에게 좋은 사람일 수 있을까? 내가 알기론 모두가 좋아하는 직원은 단 한 명도 없다. 사람 좋기로 소문난 사람일지라도 어딘가에서는 그의 장점조차 단점화해 왈가왈부하고 있을 것이다. 그럴 때마다 내가 속으로 되뇌는 말은 모두에게 사랑받을 순 없다는 것이다. 물론 나도 모두를 사랑하지 않으니까. 모두에게 사랑받으려면 한 가지는 보장할 수 있다. 굉장히 피곤한 삶을 살아야 한다. 타인에게 좋은 모습을 보이기 위해선 노력하지 않으면 안 된다. 무릇 삶이 그렇듯 거저 되는 건 없단 뜻이다.

적당히 미움받고 적당히 사랑받는 게 최선이다. 내가 싫어하는 사람이 있을 때마다 이렇게 마음먹어야 한다. 안 좋은 감정을 내 속에 담아두지 말자. 안 좋은 에너지는 사람을 바닥으로 끌어내릴 수밖에 없다. 상대를 미워하는데 내가 기운 날 리 없다. 누군가 꼴도 보기 싫어지면 안 좋은 생각이 머리나 마음에 가득 차기 시작한다. 그럴 때마다 내 인생에서 마지막인 오늘을 싫어하는 사람을 미워하는 것으로 시간을 흘려보낼 순 없다. 물론 그렇다고 해서 썰물 빠지듯 잡념들이 깨끗이 사라지는 건 절대 아니다. 미적미적 남아서 나를 힘들게 한다. 그렇게 남은 찌꺼기들을 털어버리려고 애쓸 필요도 없다. 그냥 그것을 의식하지 않는 게 가장 좋다.

도 닦는 시간이 필요하다. 가장 속 편한 사람은 남 신경 안 쓰는 사람이다. 자기가 우선인 인생이다. 내가 남에게 피해를 주거나 안 좋은 영향을 미치거나 상관하지 않는다. 나 좋으면 그만이다. 짧은 인생이지만 겪어보니 그런 사람이 더 잘 먹고 잘 살더라. 어찌 보면 그 사람이 현명한 거다. 구구절절 남에 의해 내 기분이 좌지우지되는 삶이 구차하고 지겹다.

아, 홀가분해지고 싶어라.

내 흉터는
내가 가장 크게 본다

내가 엄마한테 두고두고 후회하는 일이 뭐냐고 물었을 때 엄마가 할 대답을 몇 가지 유추할 수 있는데, 그중 하나가 아마도 내가 손을 다친 일일 것이다. 내가 손을 다쳤는데 왜 엄마가 후회하느냐 하면 부모의 관리가 필요한 어릴 적 일이었고 사고가 일어난 때가 엄마가 집을 잠시 비웠을 참이었기 때문이다. 결론부터 말하면 나는 세탁기에 손이 절단되는 사고를 겪었다. 물론 봉합 수술을 거쳤지만 손가락의 모양은 원래대로 돌아갈 수 없었고 크다면 큰 흉터가 남기도 했다.

사고는 말도 안되게 벌어졌다. 이건 어디까지나 100퍼센트 나의 잘못이고 부주의였다. 어린 나이였다곤 하지만 이제 중학교에 입학할 시기였기 때문에 충분한 사고(思考)가 가능할 나이였으니 이건 뭐라 변명할 여지가 없다. 중학교 입학을 앞둔 봄방학이었고 엄마는 초저녁에 잠시 볼일이 있어 외출을 하는 사이 나에게 빨래가 다 돌아가면 세탁기에서 꺼내서 널라고 심부름을 시켰다. 당시 우리 집에서 쓰는 세탁기는 반은 세탁 반은 탈수 이렇게 분리된 반자동 세탁기여서 그때만 해도 탈수기 뚜껑을 열어도 세탁기는 멈추지 않았다. 전부터 엄마가 빨래 심부름을 시키면 호기심에 뚜껑을 열곤 했던 나는 그날도 여지없이 세차게 돌아가는 탈수기의 뚜껑을 열었고 그 안으로 뭔가에 이끌리듯 손가락을 집어넣었다. 집에는 언니와 나밖에 없었고 사고가 벌어진 직후 나는 방에서 텔레비전을 보고 있던 언니를 다급하게 불렀고 정신없이 상처를 수건으로 감싼 뒤 집을 뛰쳐나갔다. 그때만 해도 119가 익숙하지 않아서 일단 어른이 있는 경비실로 갔다. 오른손 중지가 잘린 상태였고 완전히 잘린 게 아니라 절단 부위는 작은 신경에 의해 끊어지지 않은 채였다. 휴대폰이 없던 시절이라 엄마에게 연락할 방법이 없었던 우리는 아파트 단지 내 약국에 약을 배달하러 왔던 제약 회사의 승

합차를 얻어 타고 근처 응급실에 갔다. 약 1시간 뒤 집에 돌아온 엄마는 거실 바닥에 뚝뚝 떨어져 있는 피와 현관문이 활짝 열려 있던 점, 그리고 사라진 두 아이들, 이건 필시 강도가 든 게 분명하단 생각에 털썩 주저앉고 말았다. 정신을 차린 뒤 경비 아저씨의 이야길 듣고 응급실로 찾아온 엄마는 두려움에 떨며 누워 있는 나를 보자마자 무너지듯 주저앉았다.

다행히 절단된 손가락의 신경이 살아 있어 응급실에선 간단히 치료만 한 뒤 다시 구급차를 타고 접합 수술을 전문으로 하는 병원으로 이송됐다. 3시간이 넘는 초미세신경 접합 수술을 거친 뒤에도 경과를 봐야만 했는데, 접합 수술이 성공적이지 못하면 할 수 없이 죽은(?) 손가락을 절단해야 됐기 때문이다. 수술 후 며칠이 지나고 잘린 손가락의 컨디션이 돌아왔다. 담당 의사 선생님은 어린 나에게 "네가 착한 일을 많이 했나 보구나"라고 칭찬해주셨는데, 그 말이 아직도 잊히지 않는다. 그렇게 한 달 이상을 병원에 입원한 뒤 집에 돌아온 나는 두 달 이상 다시 재활 치료를 위해 병원에 다녀야 했다. 지금 기억으론 수술 후 매일 해야 되는 수술 부위 드레싱과 재활 치료가 가장 아프고 힘들었다.

엄마는 이다음에 크면 더 예쁘게 다시 수술하자고 했지만 난 그러기 싫었다. 혹여 다시 건드렸다가 손가락을 아예 못 쓰게 될지도 모른다는 생각이 들었다. 못난이 손가락이어도 붙어 있다는 게 감사한 일이었다. 사고가 났을 때 엄마가 병원에 뒤늦게 찾아와서 의사선생님의 바짓가랑이를 붙들고 울먹이며 한 말은 "손가락을 반드시 살려주세요, 이 아이는 나중에 그림을 그릴 아이입니다"였다. 어릴 때부터 그림에 소질이 있었던 나를 보며 엄마는 당연히 커서 그림을 그려야 한다고 생각했다. 물론 엄마 말대로 나는 고등학교 때부터 미술을 시작했고 미대에 진학했으며 디자이너로 취직했다.

다친 손가락은 일상생활에 전혀 지장이 없다. 다만 누군가 손을 보여달라고 하면 선뜻 내밀 수는 없었다. 그건 민감한 사항이었다. 감사하게도 다친 손으로 그림을 그렸고 지금은 글을 쓰고 있다.

누구나 살면서 큰 사고를 몇 번 겪게 된다. 나 또한 이 사고가 그중 하나다. 사실 내가 일부러 말하지 않는 이상 내 손에 이런 상처가 있다는 걸 아는 이는 별로 없다. (그만큼 철저히 숨기기도 했다. 나는 시간이 갈수록 자연스럽게 손가락을 숨기는 노하우를 알게 됐다.)

상처에 대한 기억 중 잊을 수 없는 몇몇 순간이 있다. 그건 나의 지난 연인들에 관한 이야긴데, 1년 이상 길게 만난 남자친구들에게는 나의 이 상처에 대한 이야길 하곤 했다. 지금도 기억나는 건 20대 초반에 만나던 남자친구가 나의 사고 이야길 듣고 내 손가락을 보려고 하지 않고 "내 눈에만 안 보이면 되지 뭐"라고 말한 순간이다. 당시에는 고개를 끄덕이며 '그래 그러면 되지'라고 넘겼지만 그건 평생에 잊지 못할 또 하나의 상처가 되었다. 그는 내 상처를 감싸 안아주기보다 밀어내는 쪽에 가까웠다. 좋은 모습만 보고 싶다는 그의 이기심이 고스란히 드러나기도 했다. 반면 지금의 남편과 연애할 때도 이 손가락 상처에 대한 이야길 했는데 남편은 내 말이 끝나자마자 내손을 들어 꼼꼼히 살펴보고 제 손으로 감싸주었다. "많이 아팠겠다"라는 그의 한마디 또한 잊을 수 없다.

사고는 언제 어디서 벌어질지 모르는 법이다. 나 또한 마치 귀신에 홀린 것처럼 (황당하게) 사고를 접했는데 세월이 흐르면 흐를수록 그때의 경험이 값지다는 걸 깨달았다. 값지다는 이유로 또 겪고 싶진 않지만 그때 이만큼 다쳤기 때문에 더 큰 사고를 막을 수 있었을지도 모른다는 생각이 든다. 뿐만 아니라 앞서 이야기했던 사람을 가리는 기준이 되기도 하고 말이다. 작다면 작고 크다면 큰 이 상처를 얻고 어른이 되어 든 생각은 남들은 내 흉터에 그리 관심이 없다는 거다. 나는 수많은 날들을 상처를 가리기 위해 고심했지만 사실 그들에겐 전혀 상관없는 일이다.

간혹 자신이 가진 상처를 남에게 들킬까 봐 (나처럼) 노심초사하는 경우가 있는데 그러지 않아도 된다고 말해주고 싶다. 내 흉터를 보고 느낄 감정 또한 그들의 몫이며 그들의 생각은 내가 어떻게 컨트롤할 수 있는 게 아니기 때문이다. 그저 마음을 좀 놓아도 괜찮다고 말해주고 싶다. 너무 꽁꽁 싸매지 않아도 된다고 말이다. 결국 내 상처를 가장 크게 보는 사람은 나 자신이다.

＊＊＊＊＊ 앞으로 더 궁금해질 사이라고
믿고 시작하자

주말 아침, 남편이 자고 일어난 흔적이 고스란히 드러난 침대보를 정리하며 불현듯 인연이라는 것에 대해 생각했다. 누군가를 만난다는 건 어지러운 일이다. 어지럽다는 건 아찔한 순간을 말하는데 기혼인 사람들이 배우자를 만난 것에 대해 생각하면 좀 쉬울 것 같다. 나는 소개팅으로 지금의 남편을 만났다. 대부분의 연인이 그렇듯 결혼까지 생각하고 만나기 시작한 건 아니었지만 결혼까지 하게 되었다. 그 소개팅은 나와 같은 직장에 다니던 동료가 이직을 하면서 그곳에서 함께 일하는 동료

(남편)를 나에게 소개해준 거였다. 회사를 옮겼지만 우린 연락을 계속 주고받았고 그 친구가 회사에 괜찮은 오빠가 있는데 만나보지 않겠냐고 물은 것이 인연의 시작이 되었다.

쉽게 생각하면 별거 아닐 수도 있지만 결혼을 하고 아, 이 사람을 못 만났다면… 하고 생각할 땐 인연의 아찔함에 대해 다시금 깊게 생각하게 된다. 만약 그 동료가 수많은 디자인 회사 중에 그 회사로 이직을 하지 않았다면. 귀찮아서라도 소개팅 주선 같은 거 하지 않는 성격의 소유자였다면. 때마침 내 이상형을 그녀에게 말하지 않았다면. 아마 난 남편을 만나지 못했을 것이다.

인연 하니까 떠오르는데 내 경우에 대부분은 첫인상이 별로인 사람과 끝까지 갔다. 끝까지 갔다는 건 베프 같은 것. 직장 베프?라고 생각하면 쉽겠다. 지금 회사에서 가장 친한 동료를 처음 만났던 순간이 기억난다. 첫 출근 날이었는데 지하철역에서부터 이상하게 같은 방향으로 가는 여자가 있었다. 아직도 그녀가 그날 입었던 원피스 무늬와 헤어 스타일이 떠오른다. 나를 앞질러 가고 있던 그녀도 그날 첫 출근하는 길이었다. 근데 인상이 별로 좋지 않았다. 굉장히 새침해 보이고 차가워 보였다. 성격도 그리 좋아 보이지 않았다. 차가운 인상으로 치면 나도 어디 가서 지지 않는데, 그 친군 더했다. 순간 내 머릿속으로 빠르게 스치는 단 한 줄.

'난 재랑 절대 친해지는 일은 없겠다.'

그런데 개(?)랑 제일 친해졌다. 회사 규모가 커지고 직원이 많이 바뀌고 늘어나면서 의지할 데라곤 그 친구밖에 없었다. 서로에게 그랬다. 새침해 보이고 차가워 보인 그녀는 둘째가라면 서러울 정도로 샐러드만 먹을 것처럼 가냘퍼 보이지만 순댓국과 곱창을 즐겨 먹을 정도로 털털하다. 근데 이런 경우가 처음이 아니다. 전 직장에서도 첫인상만 보고 스타일이 너무 달라 재랑은 진짜 안 맞겠다, 했는데 얼마 뒤 회식을 마치고 술이 떡이 돼 집에 못 가고 홍대 근처에서 자취하는 그녀의 집에서 하룻밤 자고는 완전 베프가 되었다. (그날 취해서 그녀가 키우던 개한테 물린 아픈 기억이 난다) 회사를 관두고 각자 서울, 대구로 떨어져 살지만 아이를 낳고도 연락하는 사람은 그녀뿐이다. 이쯤 되면 내가 보는 눈이 해태인가 싶지만 이젠 첫인상이 별로면 '쟤랑 친해지겠다' 하고 생각해버린다.

사람과 사람이 만난다는 건 오래도록 인연을 유지한다는 건 그래서 신기한 것이다. 퍼즐에서 조각 하나가 안 맞으면 완성되지 않듯 어느 순간 상대방이 만에 하나 다른 판단을 했더라면 혹은 내가 그랬다면 우리 인연은 없던 게 됐을 수도 있으니까.

생각해보면 처음 누군가를 만났을 때 만났다는 것 자체를 즐거워하지 못하고 왜 이리저리 판단했을까 싶다. 내 기준을 정해놓고 그 틀에 맞지 않으면 만남 자체가 스트레스인 것마냥 굴었는지. 수많은 사람 중에 그와 내가 여기서 이런 인연으로 만났다는 것부터 기뻐해야 할 일이었을 텐데 말이다. 그렇다고 누군가를 첫 대면에서부터 좋은 인연이군, 하고 생각하는 건 아니지만 요즘에는 앞으로가 더 궁금해질 사이라고 믿고 시작한다.

거리를 유지하다 보니
오히려 더 다정한 관계가 되었다

돌이켜보니 대단한 일 아닌가 싶다. 한국 고유의 명절 추석에 그것도 시댁(정확히 말하면 시누의 집)에서 설거지 한번 하지 않은 며느리라니. 그게 바로 나다.

사정상 시댁에서 제사는 지내고 있지 않기 때문에 대체로 여유로운 명절이긴 했다. 이번에는 강원도에 사는 남편의 누나인 시누가 시어머니 댁으로 올라오지 않고 우리가 어머님을 모시고 강원도 횡성으로 내려가기로 했다. 어려서부터 친가 외가 모두 경기도 아니면 서울에 살아 명절, 민족 대이동을 겪어본 적 없는 나로선 설레는 경험이기까지 했다. 물론 추석 연휴 전날 내려간 게 아니고 추석 당일 친정 아버지의 추도식을 지내고 내려간 거라 정도의 차이가 좀 있긴 하지만 말이다. 시댁 또한 집에서 차로 20분 남짓 거리이기 때문에 명절 교통난 같은 건 겪어보지 못해 그 피로도가 와닿지 않았다. 추석 당일 낮 12시 출발, 4시간 반을 운전해 횡성에 도착했다. 예상보다는 시간이 오래 걸렸지만 처음이라 그런지 가히 죽을 만큼 힘들진 않았다. 중간에 딱 한 번 남편과 운전대를 교대하고 무사히 아이의 고모 집에 도착했다.

우리는 도착할 시간을 계산해 미리 음식을 만들고 상까지 차려놓은 시누 덕에 시장할 틈 없이 바로 맛깔난 음식들을 먹을 수 있었다. 횡성에서 유명한 한우를 굽는 건 기본, 어머니가 좋아하는 문어숙회와 잡채, 각종 전이 상 위에 올라왔다. 식사가 끝나고 남편과 시아주버님, 그리고 시매부가 조촐하게 술상을 이어갔다. 시누의 고등학생 큰 딸과 아들이 부지런히 나머지 상을 치웠다. 나는 설거지할 생각으로 주섬주섬 자리에서 일어났다. 그때 시매부가 자리에 앉아 계시라며 설거지는 알아서 하겠다고 나섰다. 명절인데 음식 하나 하지 않은 며느리가 설거지라도 해야지,라는 생각으로 아니에요,라고 여러 차례 말하며 주방 싱크대 앞에서 섰지만 이번에는 시누가 극구 나를 말리며 멀리서 온 손님인데 가서 쉬라고 주방에서 기어코 나를 밀어냈다. 어쩔 수 없는 척 거실로 밀려나온 나는 이래도 되나 싶은 생각으로 아이 옆에 앉아 아이패드로 〈핑크퐁〉을 보여주었다. 아이가 맞는 두 번째 추석, 꼬물거리는 아이 하나 생겼다고 온 집안이 웃음으로 가득했다. 처음부터 아이를 가질 생각이 없었던 나는 온 가족이 하나가 되어 아이를 예뻐하고 신기해하는 여러 상황들을 접하며 내가 아이 낳길 잘 했구나,라는 생각을 하기도 했다. 어쨌거나 그렇게 추석 당일도 집으로 돌아가는 다음 날 아침 식사를 마친 뒤에도 손에 물 한 방울 안 묻히고 명절을 보냈다.

설거지, 하니까 결혼하고 처음 맞이했던 명절이 떠오른다. 여기저기서 주워들은 게 있어서 괜한 시댁에 대한 반감(?)으로 가득했던 신혼 초였다. 그때는 기대에 못 미치는 여러 안 좋은 상황들 때문에 남편과 자주 다투기도 했다. 지금은 그때에 비하면 정말 안 싸우는 거다. 아마 그때도 추석이었을 것이다. 시댁에 우리 부부와 시아주버님 그리고 시누의 가족들이 모두 모였다. 저녁 식사를 마치고 설거지를 하기 위해 당연히 막내 며느리인 내가 고무장갑을 꼈다. 초장에 기강을 바로잡아야 한다는 생각이 강했던 나는 나지막이 남편을 주방으로 불렀다. 요건은 내가 비누칠을 할 테니 너는 옆에서 헹궈라, 였다. 남편은 워낙 집에서도 집안일을 잘 도와줬기 때문에 서슴없이 내 옆에 서서 고무장갑을 나눠 꼈다. 그런 동생의 모습을 어이없게 바라보시던 시누가 딱 한마디 했다.

"어머, 우리 막내가 설거지를 다 하네?"

그걸 들은 시어머니가 뭐라고 했는지 잘 기억나진 않지만 곁들여서 놀라셨던 건 확실하다. 아니 너는 이리 오라며 남편을 말렸던 것 같다. 나는 되려 거기다 대고 "집에선 더 많이 해요" 라고 강하게 나섰다. 약간의 반발심도 없지 않았다. 나는 괜히 속에서 부아가 치밀었다. 왜 시댁이라고 며느리만 설거지를 해야 되는가? 그렇다고 친정에서 사위가 설거지를 하는 것도 아닌데! 어쨌거나 그 이후 명절에 특별한 음식을 준비하지 않는 나는 내가 할 수 있는 설거지만 맡겨주는 걸 다행으로 여기며 군말 없이 잘 지내고 있다.

길다면 길고 짧다면 짧은 5년이란 시간이 흘렀다. 그나마 우리 시댁 식구들이 그렇게 꽉 막힌 사람들은 아니어서 그래도 애 데리고 서울서 와준 나를 설거지 명단에서 제외시켜주니 세월의 힘도 느껴지고, 나도 이제 시댁 식구를 단순히 '시'자 붙은 사람들이 아닌 내 가족으로 여기고 있다는 걸 깨닫게 된 것 같다.

결혼하기 전에 시어머니는 딱 시어머니처럼만 대하는 게 가장 좋다는 글을 본 적이 있다. 그러니까 시어머니를 '엄마'라고 부르며 친정 엄마 못지않게 친하게 지내지 말고 이웃에 사는 어른을 대하듯 예의 바르게 공경하라는 뜻이었다. 그래, 어떻게 시어머니가 엄마가 될 수 있어,라고 생각했다. 나는 어머니와 가까워지는 건 좋지만 풀어지는 건 싫었다. 지금도 가끔 그럴 것 같을 때마다 나 스스로를 정비하듯 바로 세우고 있기까지 하다. 시어머니는 시어머니니까.

거리를 유지하다 보니 오히려 다정한 관계가 된 것 같다. 예의에 어긋나지 않을 딱 그만큼의 거리. 서로 걱정하고 인내하고 이해할 수 있는 만큼의 거리 말이다.

누구한테 이래라 저래라
하지 말자

웬만한 직장인들이 다 그렇듯 나 또한 금요일을 가장 좋아하고 기다린다. 토요일보다 설레는 게 금요일이다. 지난주 금요일에는 퇴근 후 오랜만에 사촌 언니 A를 만나 호프집에서 치맥을 했다. 몇 달 전 A언니의 집들이 이후 만난 거라 이런저런 할 이야기가 많았다. 그 사이 형부가 술을 많이 마셔 간경화 판정을 받아 약을 오랫동안 먹어야 된다는 안타까운 이야기로 대화는 물고를 틀었다.

초등학교 2학년 아들과 6살 딸아이를 둔 A언니는 올해로 48

살이다. 대전에 살았던 A언니 집에 방학 때마다 놀러 갔던 기억이 난다. 당시만 해도 나는 내가 본 여자 사람 중에 A언니가 제일 예쁘다고 생각했다. 크고 또렷한 눈망울에 하얀 피부 그리고 까만 머리카락이 순정 만화에 나오는 여자 주인공 같았다. 그렇게 예쁘고 서정적인 분위기를 풍기던 언니는 세월이 흘러 느지막이 결혼을 하고 아이 둘을 낳아 키우더니 아름답던 시절의 모습을 서서히 잃어갔다.

집안 행사가 있을 때마다 보는 언니의 모습은 화장기 하나 없는 맨 얼굴에 평소 피부 관리를 전혀 하지 않아 기미와 주근깨가 퍼져 있었다. 염색이라곤 단 한 번도 해보지 않은 듯한 머리는 늘 귀를 살짝 덮는 단발 커트였고 옷차림은 꾸미지 않아도 너무 안 꾸민다 싶을 만큼 대충 입고 다녔다. 그날도 편해도 너무 편해 보이는 검은색 크록스 샌들에 양말을 신고 목이 깊게 파인 헐렁한 티셔츠에 몸뻬 바지 같은 걸 입고 왔다. 나는 그런 A언니를 볼 때마다 안타까운 생각이 앞섰다. 본바탕이 예뻐서 꾸미면 엄청 눈에 뜨일 텐데 왜 저러고 다니나 싶을 정도였다.

전업주부인 A언니의 남편은 자동차 정비사다. 외벌이 가정이지만 언니의 알뜰함과 형부의 계획적 지출로 벌써 서울 외곽에 대출 없이 집도 장만했다. 그런데 언니의 표정은 늘 울상이었다. 가끔은 언니가 가장 행복한 때는 언제냐고 묻고 싶을 정도였다. 그만큼 삶의 낙이 없어 보였다. 그저 아이 둘 건사하고 남편 뒷바라지하는 게 자신의 사명이 된 사람처럼.

맥주를 한두 잔 마시고 거하게 취기가 돌 때쯤 용기를 내 A언니에게 물었다.

"언니, 왜 그렇게 안 꾸미고 살아?"

"나는 나한테는 일절 돈 안 써. 쓰고 싶지도 않아."

"왜?"

"내가 돈을 버는 것도 아닌데, 어떻게 나한테 돈을 쓰니?"

"뭐라고!?"

나는 경악했다. 기가 막혀서 입이 떡 벌어졌다. 돈을 벌지 않는 전업주부라고 자신에게 돈을 쓸 수 없다니. 이게 무슨 말 같지도 않은 말인가! 너무 기가 막혀서 앞에 놓인 맥주를 벌컥벌컥 들이켰다. 갑자기 목이 탔다. 짐작은 했지만 진짜로 A언니가 그렇게 생각하는 줄은 몰랐다. 언니의 입으로 그 말을 들으니 더 기가 찼다.

"언니가 노는 것도 아니고, 돈만 안 번다 뿐이지. 집에서 애 보는 게 얼마나 힘든 노동인데. 그런 말을 하는 거야. 왜 언니

스스로를 깎아내려?"

나는 마치 무슨 여성 운동가나 된 것처럼 언니에게 버럭 했다. A언니가 한 이야기 중 더 기가 막힌 건 자꾸 낮잠이 온다는 거였다.

"요즘 낮이면 무슨 애기처럼 한두 시간 까무룩 잠이 와."

"낮잠은 건강에도 좋은 거야. 집에 있는데 눈치 볼 사람도 없고 얼마나 좋아. 그냥 자면 되지 뭐가 문제야?"

"집에서 노는 사람이 낮에 자면 어떡해…."

나는 정말 할 말을 잃었다….

"언니, 들어봐. 언니가 꾸미지 않는 게 무조건 가계에 보탬이 된다고만 생각하지 말고 형부의 노동에 시너지가 된다고 생각해봐. 형부가 벌어온 돈이지만 언니가 자신을 위해 꾸미고 단장하는 데 쓰면 형부가 내가 벌어다 준 돈 갖고 저러고 다니네, 하고 생각할 것 같아? 아이고 우리 와이프 꾸미니 참 예쁘네, 돈 더 열심히 벌어야겠다,라고 생각할지도 모르잖아. 그리고 돈 버는 것만 중요한 게 아니잖아. 집에서 애 보는 게 더 힘든 거야. 지금은 회사 나가지만 내가 육아휴직 동안 애를 키워보니 회사 나가는 게 백 번 쉬워. 비교도 안돼. 주부도 당당히 월급 받아야 된다고! 언니도 충분히 언니 자신에게 투자할 권리가 있어. 왜 그러고 살아!"라고 말하진 못했다. 그저 다물어지지 않는 입에 맥주만 쏟아 부었다. 왜 말하지 못했냐 하면 그건 언니의 인생이라고 생각했기 때문이다. 언니는 그렇게 자신을 희생하면서 사는 게 행복할 수도 있다. 모든 사람이 나처럼 생각하길 바라면 안 된다. 그래도 씁쓸한 마음은 지울 수 없었다.

그날 아이가 보채는 바람에 늦게까지 함께하지 못하고 집으로 돌아와야 했지만 돌아오는 내내 다른 사람에게 투영된 자신의 모습만 보고 행복을 가늠할 게 아니라 거울에 비친 자신을 보고도 뿌듯해하고 행복해할 수 있는 A언니가 되었으면 하는 바람뿐이었다.

그에 비하면 나는 아직도 아이 옷은 사촌 형아 거 물려 입으면 된다 생각하고 그 돈으로 내 옷 사는 데 더 쓰고 있으며 아이가 읽을 책보다 내가 읽고 싶은 책을 먼저 산다. 어떻게 사는 게 정답이라고 단정 지을 순 없다. 각자 사는 방식이 있으니까. 그날 A언니에게 그렇게 살면 안 된다고 말하지 않은 건 지금 생각해도 잘한 일 같다. 말했더라면 당시에는 속 시원했을지 몰라도 내내 뒤 꼭지가 찝찝했을 것 같다. 그건 마치 A언니가 여태 살아온 방식이 틀렸다고 하는 거나 다름없을 테니.

살면 살수록 누가 누구한테 잘해라 마라 하는 게 아니란 걸 깨닫는다. 백 사람이 있으면 백 가지 고민이 있듯 걱정 없는 사람이 어디 있겠으며, 당사자라고 그 문제를 해결하고 싶지 않을 리 있겠는가.

요즘 너의 가장 큰 관심사가
뭐냐고 물어봐줬음 좋겠다

　마스다 미리의 《나의 우주는 아직 멀다》엔 서점 직원 경력 10년의 쓰치다가 주인공이다. 그녀의 여러 책 중 남자가 주인공인 책이 드물어 눈에 띄기도 하고 서점 직원의 이야기라는 매력적인 소재가 흥미로워 단번에 읽었다. 책에 보면 쓰치다가 병원에 입원한 큰 아버지의 상태가 안 좋단 이야길 듣고 병문안을 가는 에피소드가 나온다. 만화책임에도 내가 모서리를 꾸욱 접어놓은 부분엔 이런 대화가 나온다.

"어이 신지, 요즘엔 어떤 책 읽냐?"

"맞다! 요전에 미팅을 했는데~ 호시 신이치 책 이야기로 신이 났었어요. 내가 중학교 때, 큰아버지가 그 책 줬던 거 기억해요?"

"그랬나?"

"호시 신이치 이야기로 여자애랑 완전 의기투합해서!"

"잘됐어?"

"허망하게 차였어요….."

병문안을 온 조카와 책 이야기를 나누는 것도 좋았지만 병실에 들어선 조카에게 어떻게 지내느냐, 바쁜데 어쩐 일로 왔냐, 라는 일반적인 질문이 아닌 "요즘 어떤 책 읽냐?"라고 묻는 장면이 특히 인상적이었다. 내 나이 서른 중반을 훌쩍 넘기고 한 아이의 엄마임에도 불구하고 여전히 친정 엄마는 점심시간이 지난 오후 1시쯤이면 오늘 점심으로 뭘 먹었느냐고 묻는 카톡 메시지를 (반드시) 보낸다. 《나의 우주는 아직 멀다》에 이 장면을 읽은 뒤 엄마도 나에게 아주 가끔씩이라도 '요즘 뭐 읽니?' 라고 물어주면 좋겠단 욕심(?)이 생겼다. 어쩌면 쓰치다와 큰아버지 사이에 대한 질투심 때문일지도 모른다.

만일 엄마가 그렇게 물어봐준다면 정말 할 말이 많은데…. 책 내용이나 느낀 점에 대해 이야길 나누다가 엄마가 그 책 나 좀 빌려다오,라고 말한다면 더 행복할 것 같다. 그나마 가족 중에 나만큼 책을 좋아하는 4살 터울 언니가 있는데 취향이 완전히 같다곤 할 수 없지만 최근 재미있게 읽은 책에 관한 이야길 나누고 다 읽은 책을 빌려주는 과정이 꽤나 즐겁다. 사실 나는 대학교 1학년 때 언니가 다 읽고 책상 위에 던져놓은 무라카미 하루키의 《상실의 시대》를 읽고 난 뒤 독서의 매력에 빠졌다고 해도 과언이 아니다. 지금은 내가 언니보다 훨씬 많이 읽지만 그때만 해도 언니의 독서 양을 따라잡기 힘들었다.

한편으론 친정 엄마가 그렇게 해주지 못한다면 내가 하면 된다는 생각이 든다. 그러려면 내 아들이 책을 좋아하는 아이로 자라야 할 텐데, 3살인 아이의 미래를 아직까진 가늠하기 힘드니 좀 더 기다려봐야겠다. 다행인 것은 어린이집 선생님께서 매일 적어 보내시는 알림장에 아주 가끔 'OO이가 책을 참 좋아해요'라고 적힌 메모를 볼 때면 나를 닮긴 한 건가 싶은 생각에 괜히 뿌듯해지기도 한다.

허기사 꼭 책이 아니면 어떠랴. 누군가에게 요즘 뭐가 가장 관심사인지, 어떤 일들이 있었는지 묻는 것 자체만으로도 관계는 깊어질 수 있다. 책은 나의 관심사지 상대방의 관심사가 아닐 테니 내가 묻고자 한다면 그의 관심사를 세심하게 알아뒀다가 질문하면 될 것이다.

"요즘 너의 가장 큰 관심사가 뭐야?"

고심 끝에 한 나의 질문에 "관심사 따위 없는데"라는 답이 돌아오지 않았으면 하는 바람이 드는 건 조금 쓸쓸하긴 하지만 말이다. 거창하고 대단한 게 아니더라도 하다 못해 편의점 도시락 신메뉴가 가장 큰 관심사라 할지라도 공감해주고 흥미롭게 들어주는 자세도 필요할지 모른다. 그러고 보니 남편이 끊임없이 자신의 관심사인 자전거에 대해 이야기할 때 나도 모르게 딴생각을 하며 고개만 끄덕였던 기억이 스친다. 나부터 잘하자.

우리가 화날 때는
잘못됨을 인정하지 않을 때다

　오래간만에 욕실 청소를 한 뒤 침대에 널브러져 스마트폰을 보던 남편이 내 얼굴을 보자 대뜸 머리카락이 왜 그렇게 많이 빠지냐고 물었다. 안방 욕실에서 이유미 한 마리(?)가 나왔다며. 내가 우리 집 고양이 때문에 청소기에 가득 찬 털을 빼낼 때마다 "봉봉이 한 마리 나왔어"라고 한 말을 잊지 않고 따라 하는 거다. 그렇다. 나는 요즘 머리카락이 어마어마하게 빠진다. 다른 엄마들은 아이 낳고 머리카락이 많이 빠진다던데 나는 아이 낳은 직후엔 안 빠지더니 이제야 뒷북이다. 드라이기로 머리카락을 말릴 때마다 힘없는 머리카락들이 어찌나 많이 빠지는지. 그래서 생전 안 쓰던 탈모 샴푸를 다 쓰고 있는 요즘 인데…. 머리카락 하니까 얼마 전 점심시간에 있었던 일이 떠오른다.

점심 메뉴 선택은 늘 고민되지만 행복한 고민임이 분명하다. 일주일 내내 내가 원하는 걸 먹을 순 없지만 평일 저녁과 주말엔 주부 모드로 돌아가는 내게 남이 해준 밥만큼 맛있는 것도 없으니까. 회사 근처 식당은 거기서 거기다. 핫한 맛집이 많은 합정동에 회사가 있음에도 불구하고 대부분 가는 곳만 가는 게 현실이다. 먹는 메뉴 또한 거의 일정하게 반복인데 주로 돈가스, 김치찌개나 된장찌개, 짜장이나 짬뽕, 만둣국이나 칼국수, 순댓국, 분식 혹은 패스트푸드 등이다. 열거해보면 많은 것 같지만 이것도 맨날 뭐 먹을지 고민이 된다.

그날은 전날 배부르게 먹고 잤음에도 불구하고 아침부터 배가 고팠다. 오전 업무 중 짬짬이 친한 동료와 메신저로 점심에 뭐 먹을지를 궁리했다. 개운한 게 먹고 싶었던 나는 김치찌개를 제안했고 몇몇의 반대가 있었지만 결국 의견 일치에 성공, 회사에서 3분 거리에 있는 김치찌개 집으로 향했다. 그곳은 돼지고기 바비큐를 직접 구워 김치찌개와 함께 나오는 식당으로 그날은 함께 간 동료 모두가 처음 먹어보는 바비큐 비빔밥을 주문해보기로 했다. 허름해 보이는 식당이지만 점심시간이면 늘 사람이 꽉 차 있었다. 음식을 주문해놓고 배고파, 배고파를 중얼거리기를 10여 분. 드디어 비빔밥과 김치찌개가 나왔고 보글보글 끓는 찌개를 한입 먹어보곤 맛있다 맛있다 하며 밥을 쓱쓱 비비기 시작했다. 너무 배가 고파 밥이 고추장에 다 비벼지기도 전에 한입 떠서 입에 넣고 오물오물 씹으며 손은 밥을 마저 비볐다. 다이어트해야 되는데, 하면서도 허기로 봉인 해제된 식욕에 손과 입은 멈출 줄을 몰랐다.

그렇게 밥을 다 비벼 한 수저 막 뜨려는 찰나 내 레이다에 딱 걸린 낯선 머리카락! 동료들이 밥을 맛있게 먹으며 이야기를 나누는 사이 재빨리 머리카락을 빼 손에서 털어냈다. 친정에서 밥을 먹거나 시댁에서 밥을 먹으면 꼭 머리카락 하나씩 나오는 게 일상이라 그저 우리 엄마 머리카락 빠졌다 생각하고 그냥 먹자, 하며 다시 밥을 숟가락으로 쓱쓱 비벼 부서진 달걀 프라이와 함께 한 수저 뜨려는데 저 깊은 곳에서 또 하나의 머리카락이 보이는 거였다. 한숨이 푹, 하고 나왔다. (사실 그때는 조금 화가 났다) 하나 정도면 그냥 빼고 먹는데 또 나온 머리카락은 도저히 용납이 되지 않았다. 같은 메뉴를 맛있게 먹고 있는 동료들에게 미안했지만 조용히 사장님을 불렀다.

머리카락 나왔다고 삿대질해가며 상을 들어 엎을 주변머리는 못되기 때문에 (그럴 만한 일도 아니었고) 이래이래 해서 이러이러한 상황이니 어떻게 하시겠습니까?라고 정중히 물었다. 사실 물었다기보다 "머리카락이 두 번이나 나왔는데요…." 하고 상황 설명을 한 게 다였다. 한 번이면 그냥 빼내고 먹으려고 했다고(사실 그래도 될 만큼 맛있었다) 근데 두 번은 좀 아닌 것 같다고….

30대 중후반으로 보이는 젊은 사장은 당혹감을 애써 억누르며 밥을 다시 갖다 드리겠다고, 비빔밥은 시간이 좀 걸리니 그냥 맨밥을 드려도 되겠냐며 밥값은 받지 않겠다고 말했다. 그의 정중한 사과보다 맛있는 비빔밥을 먹지 못하게 된 게 아쉬운 나는 기어들어 가는 목소리로 "네…."라고 대답했다. 그는 그 후에도 반찬을 추가로 더 갖다 주며 죄송하다 말했고 밥을 다 먹을 즈음엔 사이다 두 캔을 가져와 다시 한번 죄송하다고 거듭 사과했다.

생각해보면 식당 사장이 연신 죄송하다고 말한 이유는, 물론 음식에서 머리카락이 나온 잘못 때문이기도 하지만 당사자인 내가 대수롭지 않게 넘어갔기 때문일 수도 있다. 실수에 대해 조금 너그러이 행동했더니 상대방이 오히려 더 미안해했다. 사람 심리라는 게 그렇지 않나? 미안함을 강요하면 반발심이 생겨 더 미안한 마음이 들지 않는 것처럼 괜찮다고 넘어가면 더 미안해 안절부절이 되는 것. 그 상황에서 내가 특별히 아량을 베푼 것이라기보다 누구나 할 수 있는 실수에 대해 그러려니 하고 넘어간 것뿐이다. 나도 음식하는 주부고 밥할 때 머리카락은 들어갈 수 있는 일이니까. 내가 잘했다기보다 나는 사람들이 조금 더 너그러워지면 좋겠다. 누구나 실수는 할 수 있는 일이니까.

우리가 무언가에 화가 나는 이유는 잘못됨을 인정하지 않을 때다. 비빔밥에서 나온 머리카락을 보고 '이거 우리 주방 아줌마 머리카락 아니'라고 하면 나는 '그럼 내 머리카락이란 말이에요?'라며 싸우게 될 테니까. 인정하고 돌아서는 자의 뒷모습은 아름답다고 하지 않던가? 그 상황에서 '아, 이 아줌마 머리카락 또 나왔네'라면서 이러니 사장인 내가 억울하고 분해서 살 수가 없다는 식으로 나오면 안 되는 거잖나.

그러니까 잘못은 인정하고 받아들이고 반성하는 게 맞다. 반성에서 끝내기도 뭔가 아쉽다 싶으면 그 밥집 사장님처럼 사이다라도 두 캔 내오는 센스 정도는 땡큐고. 이런 게 상처받은 마음에 제대로 된 보상 아닐까?

5장

매일매일 무사하면
잘 살고 있는 거다

∿∿∿∿∿∿

〰〰〰〰〰　　대출받아 산 집에
　　　　　　　비가 샌다

　우리 집에는 방이 세 개다. 하나는 붙박이장이 전부라 말 그
대로 옷 방이고 또 하나는 안방, 나머지는 아이 방이다. 출산
후 나는 거의 대부분의 시간을 아이 방에서 보냈다. 거기서 자
고 일어나고…. 그러다 보니 안방은 남편의 독차지가 되기도
해 살짝 얄미운 생각마저 들었다. 그도 그럴 것이 그는 허리 디
스크가 있어 바닥에서 취침을 못하는 터라 마땅히 당신이 아이
방에서 자라고 할 수도 없는 노릇이었다. 그러던 중에 작년 여
름 장마철부터 아이 방 천장에 이상한 무늬가 생기기 시작했

다. 거뭇하고 동그란… 저게 뭐지? 하고 한참을 들여다보던 나는 비명에 가까운 소리로 남편을 불렀다.

"여보! 비 새나 봐!"

우리 집은 복층이다. 위층은 거의가 내 책이고 한쪽 구석에 남편 책상이 있어 말로는 그의 서재라 이름 붙여줬다만 누굴 위한 공간인진 확실하지 않다. 심지어 일주일 내내 빨래가 널려 있다. 아무튼 그 위층에는 베란다가 두 군데로 뚫려 있는데 한쪽은 큰 테라스고 한쪽은 작은 '쪽 베란다'다. 그 작은 베란다와 이어지는 게 바로 아이 방 천장이다. 아무튼 구조가 중요한 건 아니고, 부실 공사를 한 게 틀림없는 이 집에 비가 새는 거다. 큰 테라스는 방수 공사를 했지만 쪽 베란다는 바닥이 타일인데 이게 밖으로 그대로 노출되어 있어서 겨울에 타일이 얼어 깨지면서 그 사이로 물이 새는 거였다. 그렇지 않으면 샷시를 달아야 하는데 이게 건축법상 불법이라 벌금을 내야 한다. (1층 베란다는 이걸 모르고 샷시를 해서 벌금을 내는 중이다. 한 번에 내기 억울해서 나눠서 낸다고 했다. 벌금도 할부로 내는 할부 인생) 아무튼 총체적 난국. 다행히 비가 많이 오긴 했지만 물이 새는 정도는 아니어서 천장에 보기 싫은 얼룩만 남긴 채 그해 여름이 지났다. 문제는 올여름이었다.

7월의 어느 날 밤, 그날도 비가 많이 내렸다. 빗소리를 들으며 시원하게 아이 방에서 잘 준비를 하던 나는 누워서 바라본 천장이 어제와 다른 무늬(?)를 띠고 있다는 걸 발견했다. 두려운 마음에(그건 정말 두렵고 무서웠다) 일단 자러 안방으로 들어간 남편을 불렀고 반대로 아이는 안방으로 피신(?)시켰다.

"무늬가… 무늬가 좀 더 진하고 커지지 않았어?"

그때 키가 큰 남편은 대답 대신 손을 천장으로 쭉 뻗어 집게손가락으로 천장을 콕 찍었다. 그런데 구멍이 뿅! 나는 게 아닌가! 이미 천장은 비가 새서 석고보드가 다 젖고 벽지도 눅눅해진 상태였던 것. 우리는 재빨리 2층 베란다로 나가봤다. 좀처럼 그쪽 베란다 문은 열 일이 없어서 신경을 안 쓰고 있었는데, 베란다 가득 물이 고여 있는 거였다. 아무래도 비를 맞은 화분에서 빠진 흙이 하수구를 막은 모양이었다. 나가보니 남편의 종아리 아래까지 물이 찼다. 서둘러 하수구를 뚫고 물을 내려 보냈다. 그때가 자려던 참이었으니까 밤 12시가 훨씬 넘은 시각이었다. 아닌 밤에 홍두깨로 우리 두 사람은 물을 빼고 베란다에 있는 화분을 테라스 쪽으로 죄다 옮겼다. 하마터면, 조금만 발견이 늦었더라면 아이와 내가 자는 사이 천장이 내려앉을 뻔했다.

방수 공사를 차일피일 미루다 결국 큰 공사가 되고 말았다. 그날 이후 우리는 장마가 끝나고 천장 공사를 할 때까지 세 식구가 안방에서 함께 지내야 했다. 이번엔 역으로 나와 아이가 침대에서 자고 남편이 바닥에서 요를 깔고 잤다. 미안하지만 나는 새삼 고소한 생각도 들었다. 남편은 며칠 후 도저히 허리가 아파서 안되겠다며 아이 옆에서 잠을 자기도 했지만 밤새 아이가 차는 발길질보단 바닥이 낫다는 판단 하에 다시 내려갔다. 그나저나 또 돈 나갈 일이 생겼다. 방수와 천장 석고보드 공사를 하려면 못해도 100만 원 이상은 깨질 것 같다. 지은 지 3년 밖에 안된 집에 비가 새다니. 이사 다니는 게 너무 힘들어 무리해서 대출받아 집을 산 바람에 어디다 호소할 수도 없고 고스란히 우리가 안고 가야 할 판이다.

　살다 보면 예상치 못한 별의별 일이 너무 많이 벌어진다. 어젯밤은 그냥 자기 싫어서 아이를 재워놓고 휴대폰으로 영화 〈엘르〉를 봤다. 몰입도 최고지만 다 보고 나면 뭐가 뭔지, 혼란스러워지는 영화다. 아무튼 그 영화에서 천장이 무너지는 것과 비교도 안되지만, 변태 남편 패트릭을 둔 아내 레베카는 갑작스런 남편의 죽음을 위로하는 주인공 미셸에게 이렇게 말한다.

·
·
·

"다행히 저에겐 신앙이 있잖아요. 이런 힘든 시기를 위한 게 아니라면 신앙이 왜 필요하겠어요?"

유감을 표하는 상대방에게 오히려 난 괜찮다,라고 말하는 레베카. 비가 새는, 전혀 괜찮지 않은 일을 겪은 나도 다시 교회를 나가야 하는 건가. 신이 한동안 교회를 잊고 산 나에게 분노를 표출하시는 건가!

아, 신앙심이 불타면 천장에서 새는 비쯤이야 대수롭지 않게 웃어넘길 수 있으려나.

〰〰〰〰   싸움
구경을 했다

   날이 좋던 10월의 어느 토요일이었다. 오랜만에 볼일이 생긴 남편은 외출을 했고 아들과 단둘이 오붓한 시간을 보내던 중이었다.(그 이유는 아들이 막 낮잠에 들었기 때문) 한 번 잠들면 웬만해선 깨지 않는 효자라 커튼을 치고 고양이처럼 살금살금 문을 닫고 방을 나오던 그때였다.

   "야! 니가 나한테 어떻게 이럴 수 있어! 어? 내가 너한테 어떻게 했는데!"

   낯선 듯 익숙한 여자의 음성은 건물 밖에서 나는 거였다. 재빨리 아이가 잠든 방문을 닫은 나는 거실 창문을 조금 열고 소리의 근원지를 찾아 두리번거렸다. 근데 두리번거릴 것도 없었다. 바로 우리 창 아래에서 싸움이 벌어지고 있었으니까.

우리 동네는 중심지를 조금 벗어난 외곽이고 산 밑이라 매우 한적하고 조용한 동네다. 골목길에서 누군가 전화 통화하는 음성이 조금이라도 커지면 열어둔 창문으로 다 들릴 정도다. 그렇게 조용한 곳에서 목청이 터져라 소리를 지르며 아줌마 둘이 싸우고 있었다.

"내가 가만히 있을 줄 알아? 너희 집에 가서 개망신을 줄 거다 이년!"

마침내 쌍욕이 오가는 언쟁의 강도는 점점 세졌다. 자세히 보니 한 사람은 우리 빌라에 사는 403호 아주머니였고 비숑 한 마리를 안고 있는 다른 아주머니는 옆 빌라에서 사는 사람이었다. 급기야 403호 아줌마는 어디선가 짱돌을 주워와 비숑 아줌마의 팔을 툭툭 치며 머리채를 잡아 흔들기 시작했다. 비숑을 안고 있어 행동이 자유롭지 못한 비숑 아줌마는 거의 당하고만 있었는데 싸움의 근원은 비숑 아줌마와 403호 아저씨의 관계인 듯 보였다.(자세한 내용은 모르겠다. 그날 싸움 도중 오고 간 대화를 통해 추측했을 뿐) 비숑 아줌마는 별다른 대꾸를 못하고 집으로 들어갔고 이겼다고 생각한 403호 아줌마는 지치지 않고 계속 그 빌라를 향해 욕을 해댔다.

"왜 아침부터 남의 집 남편한테 문자를 보내고 난리야!"

잠잠하던 동네에 찬물을 쏟아붓 듯 난리가 나고 동네 주민들이 하나둘 참견하기 시작했다. 내가 사는 건물 5층은 밖으로 나가지 않고도 싸움 구경하기가 너무 탁월한 장소였다. 하지만 나는 괜히 창문 옆으로 숨어 소리 죽여 그들의 싸움을 지켜보고 있었다. 그렇게 싸움이 종료되는가 싶더니 비숑 아줌마의 딸이 나와 403호 아줌마와 대적하기 시작했다. 그야말로 2차전이었다. 그녀는 나이 같은 거 내 알 바 아니라는 듯 반말과 욕을 섞어 소리를 질러댔다. 과연 딸은 엄마보다 강했다.

"카메라로 동영상 다 찍었어! 내가 당신을 허위사실유포죄로 경찰에 신고할 거야!"

403호 아줌마는 이번에도 딸의 머리채를 잡아당기며 몸싸움을 시작했다.(딸은 머리가 길어서 잡아채기 쉬웠고 403호 아줌마는 짧은 커트머리였다) 곳곳에서 사람들이 창문 밖으로 (여기 당신들만 사냐며) 조용히 하라고 소리를 질렀다.

싸움 구경을 해본 사람은 알겠지만 그것만큼 재미있는 것도 없다. 다만 나와 전혀 상관이 없을 경우에만. 여기저기서 싸움은 다른 데 가서(어디서?) 하라는 소리가 들려오자 403호 아줌마는 그 사람들을 향해 "지금 나랑 해보자는 거야!"라고 소리를 질렀다. 싸움 구경은 재밌지만 겁이 많은 나는 혹시라도 불똥이 나에게라도 튈까 봐 조용히 창문을 (반쯤) 닫았다. 그리고 밖에서 내가 절대 안 보일 위치에 쭈그리고 앉아 10월의 어느 멋진 날에 벌어진 이 싸움이 어떻게 종료될지 궁금해했다.

싸움 구경하니 문득 떠오른 엄마에 관한 일화. 엄마는 꼬마일 적 동네에서 싸움 구경을 하다가 그들이 던진 돌에 맞아 이마가 찢어져서 생긴 흉터가 있다. 엄마는 이마가 좁고 못나서 주로 앞머리를 내리는 헤어스타일을 고집하는데 그 이유 중 하나가 이마의 흉터를 가리기 위함이다.

"여자가 이마에 흉터가 있으면 팔자가 드세다고 했어. 근데 엄마가 그렇잖아. 그때 싸움 구경을 하지 말았어야 했어. 괜히 남의 집 싸움 구경은 하러 가가지고…."

엄마의 흉터에 대해 생각하던 나는 403호 아줌마나 비숑 아줌마의 딸이 던진 돌에 맞을지도 모른단 생각에 창문을 황급히 닫은 건 아니고 애가 깰까 봐 창문을 꼭 닫았다. 싸움에서 날라온 돌을 맞는 것만큼 무서운 게 더 자야 마땅한 아이가 벌떡 깨는 거니까.

어쨌거나 싸움은 약 30분간 이어졌고 결말은 모르겠다. 그날 이후 주차장에서 간혹 마주치는 403호 아저씨의 얼굴을 어떻게 봐야 할지 모르겠는 건 나만이 아닐 것이다.

〰〰〰 워킹맘으로
　　　　살아가는 일

　지난주 평일 오후, 좀처럼 잠이 달아나지 않아 습관적으로 휴대폰 속 아이 사진을 하나씩 넘겨 보고 있을 때였다. 손 위의 휴대폰에서 드르르 진동이 울렸고 커다랗게 보이는 수신자 이름에 'OO어린이집'이라고 떴다. 본능적으로 노트북 시계를 봤다. 오후 3시 38분. 아직 하원할 시간이 아닌데 왜 전화하셨지? 라고 갸우뚱하며 얼른 전화를 받았다.

　"네, 원장님 안녕하세요?"

　"OO 어머니 안녕하세요, 지금 통화 가능하세요?"

"네, 말씀하세요."

나는 목소리를 낮추며 자리에서 일어나 복도로 나갔다. 원장님의 다소 불안한 목소리 톤으로 보아 일이 생긴 게 분명했다.

"저… OO가 좀 다쳤어요. 책상 모서리에 이마를 찧었는데 멍이 엄청 크게 생겨서, 점점 부어올랐어요. 약 바르고 찬물 찜질을 해주긴 했는데… 아이구 어쩌면 좋아… 제가 지금 사진을 보내 드리면… 더 속상하실 테죠..? 너무 죄송해요 어머니…"

아이가 다쳤다는 말에 나는 어떤 대답을 해야 할지 적당한 문장을 찾지 못하고 있었다. 안절부절못하는 원장님과 달리 나는 오히려 차분했다. 어디 부러지거나 생채기가 난 게 아니라 멍든 정도라 그럴지도 몰랐다. 그리고 아이가 다치는 상황을 직접 목격하지 않아서일 수도 있다. 보이진 않지만 목소리에서 좌불안석이 느껴지는 원장님의 감정 상태와 다른 내가 그녀를 진정시켜야 할 것만 같았다.

"OO가 많이 울었나요? 아니, 어쩌다가…."

"네… 많이 울었어요…. 담임 선생님이 잠시 다른 거 하는 사이에 혼자 앉은뱅이 책상을 밀다가 그만 모서리에 이마를 찧은 모양이에요. 멍이 내일이면 눈 쪽으로 내려올 것 같은데, 어머니 너무 놀라실 것 같아서… 미리 전화드렸어요."

많이 울고 많이 아파했다는 솔직한 대답이 오히려 고마웠다. 상처에 비해 아이가 덜 울었다거나 괜찮아 보인다는 말은 순간을 모면하기 위한 임시방편일 뿐이니까.

아이를 키우다 보면 당연히 다친다. 얼마 전 5월 황금연휴 때 장장 일주일 동안 아이를 데리고 있어보니 짓궂기가 혀를 내두를 정도였다. 하루하루가 다른 사내아이라 그런지 내가 뻔히 앞에 있는데도 몸 여기저기에 상처를 낼 만큼 어디로 튈지 알 수 없는 탱탱볼 같았다. 나는 오래전부터 아이가 어린이집에서 사소하게 다쳐 올 때마다 괜찮다, 그럴 수 있다, 집에서 내가 봐도 아이는 다친다, 다음부터 더 잘 보살펴 달라,라는 말밖에 할 수 없었다. 그런데 이번에는 상처가 꽤 큰 모양이었다. 통화를 끊고 원장님이 카톡으로 보내준 아이 사진을 보니 이마가 코보다 더 튀어나와 있었다. 가슴이 철렁 내려앉았다. 퍼렇게 퍼지는 멍 가운데는 점점이 모인 피 점막이 훤히 보였다. 하마터면 이마가 찢어질 뻔한 모습이었다.

이 상황에 화를 내는 게 맞는 건가. 아이를 대체 어떻게 보는 거냐고, 왜 책상을 밀게 놔뒀냐고 다그치는 게 맞는 건가? 울먹거리는 원장님과 달리 그럴 수 있죠,라고 대답하는 내가 이상

한가? 이번엔 좀 심하게 다쳤다는데, 그렇다면 당장 쫓아가 아이를 데려오는 게 맞는 건가. 나는 조금 혼란스러웠다. 누군가 이렇게 하라고 해답이라도 주었으면 좋겠단 생각이 들 정도였다. 이마가 찢어지기 일보 직전인 아이의 사진을 보고도 나는 원장님의 기분을 우선 고려하고 있었다. 여기서 화를 내면 아이에게 좋을 게 뭐가 있을까? "괜찮습니다, 녀석이 요즘 부쩍 뛰어다녀요. 개구쟁이잖아요…."라고 대답하는 내가 과연 엄마로서 옳은 대처인 건가.

아이가 태어나면 온 마을이 아이를 키운단 말이 있다. 내 아들은 온 가족이 키운다. 그러니까 우리 식구뿐만 아니라 외할머니, 이모, 이모부, 사촌 형, 누나… 워킹맘인 나를 대신해 하원을 맡는 외할머니와 가끔 엄마 컨디션이 좋지 않으면 주중에 두 번은 이모가 아이를 데려가 내가 퇴근할 때까지 돌봐준다. 이모인 나의 언니는 마트에 갈 때마다 조카 먹거리를 먼저 챙길 정도다. 아이 둘을 먼저 키워봐서인지 어느 때 뭘 먹여야 하는지 잘 파악하고 있다. 이모부는 장난감 담당이다. 엄마 아빠가 비싸서 엄두도 못 내는 장난감을 사준다. 그러다 보니 원장님은 외할머니와 이모의 원망과 걱정까지 두려워(?)하는 듯했다.

아닌 게 아니라 나부터도 정작 엄마인 내가 드러낼 수 있는 감정보다 이 사태를 보게 될 친정 엄마를 진정시키고 병원에 가야 하는 거 아니냐고 묻는 이모를 달래야 했다. 친정 엄마 다음으로 가장 큰 집안 어른인 나의 형부는 아이의 이마를 보며 책상 모서리에 찧은 게 맞냐, 누구한테 맞은 것 아니냐는 무서운 추측까지 하기에 이르렀다.

가끔 팔이나 다리에 작은 상처가 보일 때면 "이거 누가 그런 거야?"라고 아이에게 묻는다. 이젠 제법 의사 표현을 할 줄 알게 되어서 "OO이가"라고 몇 번을 물어도 똑같이 한 친구의 이름을 말한다. 그럼 그 아이가 그런 게 맞는 거다. 아직은 거짓말을 모르니까. 그날 저녁 퇴근해 집에 돌아가 이마에 시퍼런 훈장을 달고 온 아이를 한참 안아준 다음 이마를 가리키며 "이마이거 누가 그랬어요?"라고 물어보니 아이는 나의 시선을 회피하고 대답을 미루더니 자그맣게 "챡샹(책상)"이라고 대답했다.

휴… 그래, 너 혼자 놀다가 그런 게 맞긴 맞나 보구나. 나는 괜히 한번 가슴을 쓸어내렸다. 아이를 재워놓고 그 옆에 쭈그리고 앉아 퍼렇게 멍든 이마를 한참 동안 바라보며 생각했다. 내가 속상한 건 아이의 얼굴에 생긴 상처보다 다치고 난 뒤 아프고 놀라서 소스라치게 울었을 때 분명히 엄마를 부르짖으며 울었을 텐데, 그 옆에 엄마인 내가 있어주지 못했다는 거였다.

선생님이 달래고 안아준다 한들 엄마 품 같을 리 없다.

앞으로 내 아들은 일하는 엄마를 둔 탓에 얼마나 더 많은 시간을 홀로 아픔과 슬픔을 참아야 하는 걸까. 기운 빠지는 하루, 나는 깊이 잠든 아이 옆에 동그랗게 몸을 말고 누웠다.

매일매일 무사하면
잘 사는 거다

매일 아침 아이의 어린이집 가방을 챙기며 알림장에 짧게나마 메모를 하는데 다른 날보다 월요일과 금요일은 조금 더 긴 이야기를 쓰게 된다. 내용이야 뻔하지만, 월요일의 경우 날씨 혹은 날짜 이야기를 꺼내며 '이번 주도 우리 아이 잘 부탁드린다'는 얘길 쓰고 금요일은 '한 주도 고생 많으셨다', '주말 편히 보내시'라는 등의 내용을 적는다. 나는 선생님과 주고받는 이 알림장이 참 좋다. 요즘은 관련 어플도 많이 나와서 우리 아이가 다니는 어린이집 일부 학부형들도 원장님께 어플을 쓰면 어떻겠냐는 제안을 한 것 같은데 원장님의 손 글씨 사랑은 한결같으시니 나는 적극 찬성이다.

그렇게 쌓인 알림장이 벌써 세 권째다. 가방에 함께 넣은 물병에서 물이 새서 노트가 젖는 바람에 너덜너덜해져 원래보다 불어난 알림장 두 권이 책꽂이에 단정히 꽂혀 있다. 가끔 책을 읽다가 혹은 일기를 쓰다가 지난 알림장을 빼서 들춰보곤 하는데 감회가 새롭다. 메모뿐만 아니라 선생님이 매일 휴대폰으로 찍어서 일일이 출력해 알림장에 붙여주는 아이의 사진을 보는 것만으로도 절로 입꼬리가 올라간다. 나 없는 동안 아이가 보낸 시간들을 보는 게 짠하면서도 잘 지내고 있는 것 같아 다행스러운 마음이 든다.

오늘 아침에는 이번 주면 11월도 저무네요,라는 말로 알림장 메모를 시작했다. 아이 반 담임 선생님은 최근 나의 당부 사항(아이가 손가락을 빨지 않게 해달라는)을 얼마나 어떤 식으로 잘 지키고 있는지, 간식으론 뭘 먹었고 아이가 잘 놀았는지 등을 꼬박꼬박 적어주신다. 오히려 부탁을 한 나는 케어를 잘 못하는 반면 선생님은 세심하게 가르치고 계신 듯했다.

새해 달력을 주문했다. 얼마 전에는 매년 쓰고 있는 몰스킨 데일리 다이어리도 주문해 서랍에 고이 넣어놨다. 내년 달력을 챙기고 다이어리를 사는 일 등으로 한 해가 가고 있음을 몸소 느낀다. 매년 그렇지만 이쯤 되면 한 해 동안 뭘 했는지, 과연 이뤄놓은 게 있긴 한지 되돌아보게 된다. 하루살이처럼 매일매일 무사하면 다행이란 생각으로 지내고 있는 요즘 더더욱 앞을 내다볼 수도 과거를 돌아보기도 힘들어진다.

정신없이 복직해 어영부영 보낸 작년과 달리 올해는 아이가 생겨 바뀐 생활 패턴에 나름대로 잘 적응해나가고 있는 것 같다. 완전히 다른 두 가지 모습(?)의 '평일의 나'와 '주말의 나'가 적당한 조화를 이루며 살아가고 있다. 평일에는 엄마라는 나보단 글을 쓰고 회사를 다니는 나의 모습이 더 나다운 모습 같고 주말에는 철저히 한 아이의 엄마, 가정주부의 모습으로 돌변한다. 가끔은 가면이라도 썼다 벗는 것 같은 착각을 일으킬 만큼 다르다. 평일 출퇴근 시간에 주로 많은 책을 읽으며 자양분을 만들려 노력하고 되도록이면 회사에 있는 동안만큼은 아이 생각에서 나를 떨어뜨려 놓으려 애쓴다. 반대로 주말에는 철저히 아이의 엄마로 돌아와 아들의 눈높이에서 몸으로 웃겨주고 우스꽝스러운 표정으로 망가지며 아이와 함께 논다. 사실 그래서 월요일이면 주말의 나에서 평일에 나로 돌아오기까지 시간이 조금 걸리는 것 같다.

이 글을 쓰고 있는 월요일인 오늘이 그렇다. 8시에 출근해서 오전 내내 좀 멍~한 기분으로 분주하게 작업을 했다. 글 쓰는 직업이다 보니 반드시 워밍업, 그러니까 예열 시간이 좀 필요한데 그게 나에겐 필사(정확히는 필타가 맞겠다, 노트북으로 하니까)다. 전날 퇴근길 혹은 출근길에 읽으며 밑줄 친 문장들을 워드 작업을 통해 각각 파일로 만들어놓는다. 생각을 쥐어짜야 나오는 글쓰기와 달리 아무 생각 없이 눈과 손가락 및 팔의 관절을 이용해 시간이 채워지고 뭔가를 남기고 있다는 뿌듯함에 정신이 충만해진다. 더불어 이 시간과 작업들이 도움닫기가 되어 실무에 힘이 실리는 경우가 대부분이다. 매일 다른 텍스트를 읽고 쓰지만 결국 비슷비슷한 날들의 반복이다. 그게 싫다는 게 아니라 그러면서 하루가 일주일이 한 달이 그리고 일 년이 채워진다는 게 때로는 허탈하게, 때로는 든든하게 여겨지기도 한다. 그게 삶이겠지.

11월이 딱 3일 남았다. 오늘 점심시간 동료들과 메뉴를 정하고 중국집으로 발걸음을 옮기며 내년 공휴일에 대한 이야기를 나눴다. 누군가는 벌써부터 내년을 이야기하냐고 했지만 누군가는 12월 크리스마스가 지나면 곧장 내년 5월 연휴가 닥쳐올 것 같다고 했다. 시간은 우리가 예상하는 것보다 늘 빠르다.

나는 아직도 많은 시간을 바쁘게 보내지만 여전히 실속 없이 보내기도 한다. 물 위에 뜬 기름처럼 둥둥 떠다니는 마음과 생각을 종잡을 수 없어 허송세월 보내기도 하지만 늘 그랬던 것처럼 어딘가에서 자극을 받고 마음을 다잡으며 새해를 보내게 될 것이다. 매번 왜 이렇게 시간을 헛되이 보낼까 생각하지만 이제 완전히 꺾인 30대가 되고 보니 이렇게 사는 게 나다운 건가 싶은 생각도 없잖아 든다. 주문한 달력이 도착하면 내년 공휴일부터 찾아보는 짓을 또 하게 될지라도 그게 바로 나인 것이다.

온탕 한가운데서
시원함을 외치다

지난 토요일엔 감기에 된통 걸렸다. 눈은 뜨겁고 머리는 무겁고 온몸이 두들겨 맞은 것처럼 아팠다. 일요일에는 좀 추슬러서 목욕탕에 갔다. 옛날부터 아프면 뜨끈한 욕조에 들어가 있는 걸 좋아했다. 땀을 쭉 빼면 괜히 낫는 것 같은 기분이 들었다. 제대로 씻고 싶을 땐 아무래도 집에서 씻는 것과는 차원이 다른 대중목욕탕을 찾는다. 이사 온 지 2년이 지났지만 얼마 전까지만 해도 계속 전에 살던 동네로 목욕탕을 다녔다. 차로 20분은 족히 가야 하는데 고등학교 때부터 다니기도 했고 그곳

세신사 이모님께 오래도록 몸을 맡긴 터라 알아서 잘해주시기 때문이기도 했다. (낯선 곳에 가길 참 싫어하는 나다) 이번에는 동네 목욕탕을 뚫어보기로 했다. 포털 사이트에 접속해 '목욕탕'이라고 치고 가까운 거리를 찾아보니 2킬로미터 지점에 대중목욕탕이 검색됐다. 아이와 남편이 낮잠 자는 틈을 이용해 세탁기를 돌려놓고 목욕 가방을 챙겼다. 일인용 방수 방석과 샴푸, 바디클렌저, 때수건 등을 플라스틱 바구니에 담았다. 차로 7분 정도 달리니 목적지에 도착했다. 엄청난 시간 절약을 한 것 같아 괜히 뿌듯했다.

몸이 아플 때 가장 하기 힘든 것 중 하나가 씻는 거다. 아픈 사람은 씻기 힘들다. 그래서 못 씻으면 더 아프다.(왠지 그렇게 느껴진다) 씻고 나면 개운해져서 있는 병도 좀 낫는 것 같지 않던가? 나 또한 아프면 씻는 것부터 건너뛴다. 세수는 물론 양치질도 넘어간다. 그렇게 온종일 끙끙거리다가 저녁 때가 돼서야 기운을 좀 차리고 가장 먼저 머리를 감고 몸을 미지근한 물에 씻는다. 옛날부터 죽을 날이 임박한 사람은 평소 안 하던 행동을 한다고 했는데 씻는 것도 그에 포함된단다.

나도 비슷한 경험을 한 적이 있다. 내가 초등학교 1학년일 때 아버지께서 지병으로 돌아가셨다. 돌아가시던 날 아빠는 기운도 없는데 새벽부터 난데없이 목욕을 하셨다. 그러곤 (교통사고로) 입원해 있는 막내 고모에게 병문안을 가자고 엄마를 재촉했다. 엄마는 갑자기 몸을 깨끗이 씻고 나선 아빠가 좀 이상했지만 집 밖에 나서기 그리 좋은 상황이 아니었음에도 나와 아빠를 차에 태워 병문안을 갔다. 그렇게 문병 갔던 병원에서 아빠는 돌아가셨다. 장례를 치르면서 엄마는 줄곧 이야기했다. 갑자기 목욕한 게 이상했다고. 그러고 보면 사람은 정말 자기가 죽을 때를 예감하는 걸까?

지금은 누가 가라고 하지 않아도 알아서 목욕을 가지만 어릴 땐 엄마가 목욕 가자고 하는 게 제일 두려운 것 중 하나였다. 그도 그럴 게 엄마가 직접 때를 밀어줬고 밀 때마다 아픈 건 물론이요, 때가 많다고 면박을 주었기 때문이다. 엄마한테 가장 많이 듣던 말 중 하나는 "너는 밥 먹고 때만 만드냐?"였다. 몸집은 작았는데 때가 엄청 많았나 보다. 근데 어른이 되어서도 친한 세신사 이모에게 내 별명은 '때순이'다. 아주머니는 그런 내가 좋다고 했다. 때 미는 데 때가 안 나오는 것보다 많이 나오는 게 오히려 편하단다.

얼마 전에는 평일 퇴근 후 목욕탕에 갔던 터라 내가 제일 마지막으로 때를 밀었는데 세신사 이모가 평소보다 2배로 꼼꼼히 밀어주시는 거다. 그러면서 하는 말이 "그거 참 재밌네. 밀어도 밀어도 나와. 하하" 나는 민망했지만 아주머니는 무슨 미션 수행하는 사람처럼 땀을 뻘뻘 흘리며 때를 미셨다. 다 끝낸 뒤에 맨 마지막이라 더 꼼꼼히 밀어줬다길래 나오는 길에 음료수 한 병을 따드렸다.

우리 동네 목욕탕 세신 비용은 2만 원이다. 내가 쓰는 돈 중 아깝지 않은 몇 안 되는 목록 중에 때 미는 값도 포함된다. 2만 원이 되기 전까지 몇 년 동안 1만 7천 원이었는데, 세신 비용은 아무리 올라도 군말 없이 지불할 것 같다. 차라리 다른 것에서 돈을 줄이는 한이 있더라도 말이다. 그만큼 때를 민 후에 개운함과 편함은 그 어떤 것으로도 대체하지 못한다. 온몸을 깨끗하게 해주는 것과 더불어 맨 마지막에 간단히 해주는 마사지 또한 매력적이다. 뜨거운 수건을 어깨와 허리에 덮고 무심한 듯 시원한 손길로 툭툭 쳐줄 땐 으으, 하는 신음소리가 절로 나온다. 세신사 이모는 쿨내 진동하는 당연한 한마디도 빼먹지 않는다.

"어깨가 많이 뭉쳤네! 자세가 안 좋아서 그런 거야!"

다시 어릴 적 이야기로 돌아가서, 엄마는 목욕이 끝나면 반드시 초콜릿 우유를 사주었다. 누구나 그렇겠지만 그때 마셨던 그 '초코 우유' 맛을 잊을 수가 없다. 지금은 그 맛이 절대 나지 않는다. 그 우유 맛을 여전히 기억하고 있는 나는 어느 순간 엄마와 함께가 아닌 혼자 목욕을 나서는 나이가 됐다.

아들을 낳고 가장 안타까운 것 중 하나는 대중 목욕탕에 함께 갈 수 없는 거였다. 성별을 알기 전 가끔은 내 등을 밀어주는 딸을 상상하기도 했으니까. 그나저나 꾸물거리는 날씨 탓에 반찬를 내고 목욕탕에 가서 뜨끈한 온탕에 목까지 푹 담그고 싶다. 참 시원할 텐데…. 뜨거운 탕에 들어가서 시원함을 찾는 나도 세월은 어쩔 도리가 없나 보다.

어쨌든 무사안일주의가 나에게 자양분이 됐다

흔한 일은 아니지만 가끔 내 이력을 공개해야 할 때가 있다. 가령 어떤 매체와 인터뷰 같은 걸 해야 할 때인데, 얼마 전에도 우연한 기회에 인터뷰할 일이 생겨 창피함을 무릅쓰고 민망한 포즈를 취해가며 사진 촬영까지 해야 했다. 그때 인터뷰어의 첫 질문은 당연 내 경력에 관한 질문이었다.

"이력이 조금 독특하신데요, 가구 디자인을 전공하시고 편집 디자인을 하시다가 지금은 글을 쓰고 계세요. 글은 어떻게 쓰게 되셨나요?"

듣고 보니 그렇다. 난 참 이것저것 했다. 그런데 이 질문에 빠진 나의 이력이 하나 더 있었으니 그건 바로 미술 학원에서 아이들을 가르쳤던 과거다. 무려 4년을 했다.

그나마 당시에 내가 할 수 있는 가장 만만하고 쉬운 일이었다. 게다가 출근 시간이 낮 12시라 아침 일찍 일어나지 않아도 됐다. 유치부부터 초등학생, 중학생, 가끔은 고등학생까지 가르치는 학원이었는데, 중고등학생은 대부분 미술 과제를 봐주는 정도였고 유초등부 아이들이 메인 타깃이었다. 지금 생각해보면 나처럼 남들 앞에 나서기 싫어하고 말하기 싫어하고, 더군다나 똑같은 말을 계속 반복해야 하는 학원 강사 일을 어떻게 4년 동안 했나 싶다. 경쟁을 요구하는 일도 아니었고 누가 무슨 일하냐고 물으면 미술 학원에서 애들 가르쳐요, 하면 딱히 빠지는 모양새도 아니라 그랬나 보다. 돌이켜보면 시간을 많이 허비했다는 생각이 들지만 당시에는 무사안일주의에 빠져 있었다. 어느 작가의 말처럼 막연히 하고 싶은 일보다 자기가 그럭저럭 잘할 수 있는 일을 하면서 사는 것도 나쁘지 않다고 생각했다.

12시 출근에 동네 미술 학원이다 보니 월급이 엄청 적었다. (그 돈을 받고 4년을 다녔던 내가 정말 세상 물정 몰랐구나, 싶을 정도로) 그래서 다른 일을 더 해야 했는데 학원 출근 전 이른 아침에 빵집 아르바이트도 했었고 토요일에는 수업이 오후 2시면 끝나니까 퇴근 후 미술 개인 과외를 하기도 했다. 까마득히 잊고 있던 미술 개인 과외. 잊었던 과거 나의 짧은 이력은 얼마 전 집으로 날아온 '개인과외교습 폐지 신고서'라는 걸 보고 다시금 떠올리게 됐다.

2002년 나는 나름 진지하고 철저했나 보다. 시청에 개인과외교습을 신청해 자격을 받은 다음 구인 사이트에 미술 개인 과외 교습 광고를 올렸다. 그로부터 얼마 뒤 낯선 목소리의 여자에게 연락이 왔고 당시 안산이었던 여자의 집에 매주 토요일 오후 미술 과외를 하러 다녔다. 내가 가르칠 사람은 전화를 건 여자가 아닌 그녀의 중학생 아들이었는데, 수업 내내 한마디의 말도 하지 않던 그 애는 자폐증을 앓고 있었다. 다른 건 몰라도 그림엔 관심이 있어 어떻게든 방법을 찾고 싶은데 학원을 다닐 수 있는 상태는 아니어서 개인 교습을 알아본 거라고 했다. 수업 조건 중 하나는 아들을 가르치면서 자신도 같이 수업을 받겠다는 거였는데 말 없는 그 애와 단둘이 뻘쭘한 것보다 나으니 나도 나쁠 건 없었다. 여자도 나름 나를 배려한 처사가 아니었나 싶기도 했다. 지금 기억으론 그녀의 그림 실력 또한 만만치는 않았다. 엄마의 재능을 물려받은 걸까? 아무튼 그 모자는 매우 열심히 그림을 배웠고 실력도 탁월했다.

그렇다고 내가 굉장한 자부심과 투철한 직업의식으로 그들을 가르쳤던 건 아니다. 한창 놀기 좋아하는 20대 초반, 남들 다 노는 토요일 오후 학원 수업을 마치고 또다시 과외를 하러 가야 되는 그 심정이란…. 사실 수업하러 가기가 죽기보다 싫을 때도 있었다. 놀고 싶다, 땡땡이치고 싶다, 아프다고 할까? 일이 생겨 못 갈 것 같다고 할까? 매주 토요일이면 별의별 생각을 다 하면서 건수를 만들 궁리를 하곤 했다. 단 한 번도 실행에 옮겨본 적은 없지만 말이다.

사람이 가진 재능이란 갈고닦지 않으면 반드시 제자리에서 멈춰버리기 마련이다. 아니 멈추는 정도가 아니라 후퇴한다. 나는 그걸 그림을 통해 몸소 깨달았다. 거침없이 그려나가던 내 스케치 실력은 과연 내가 미술을 가르쳤던 아니 배웠던 사람이 맞나 싶을 정도로 지금은 엉망이다. (가끔 아이가 뭘 그려달라고 하면 당황스럽다) 물론 그보다 더 잘할 수 있고 재미있는 재능을 찾았기 때문일 테지만 말이다.

2002년 신고해놓고 까마득히 잊고 있던 개인과외교습 자격을 2016년 11월 폐지 신고했다. 문서를 작성해 메일로 보내달라는 시청 직원의 말에 따라 이름을 쓰고 서명을 하며 새삼 그때의 내 시간들을 떠올려봤다. 그때도 수업 시간 전이나 이동할 땐 늘 책을 옆에 끼고 있었다. 아이들이 들이닥치기 전까지 키 낮은 책상에 앉아 소설 읽던 시간이 그렇게 달콤했는데.

그때 진작 별 재미도 보람도 못 느꼈던 미술 선생이란 타이틀을 떼버리고 좀 더 일찍 글을 썼더라면 어땠을까? 잔잔한 일상에 안주하기보다 모험을 하더라도 진짜 원하는 걸 찾으려고 좀 더 빨리 노력했더라면. 흘러간 시간이야 되돌릴 수 없고 그 시간 또한 어떻게든 내 인생에 자양분이 됐지만 말이다.

옷장 가득,
입을 게 없다

신혼 때 아기자기한 맛에 구입한 장롱은 결혼 생활 5년이 지나자 활용할 공간이 턱없이 부족했다. 일반 장롱보다 키가 작은 반면 북유럽풍으로 당시에는(물론 지금도) 나름 핫한 신혼 아이템임이 분명했다. 결혼 생활 초기에는 이 장롱 세트만으로도 충분했다. 하지만 근심 걱정이 하루하루 늘어나듯 옷도 늘어나고 이불도 늘어갔다. 우리 부부는 고심 끝에 붙박이장을 설치하기로 마음먹었다. 이불 넣을 곳이 없다는 점이 가장 결정적인 이유로 작용했다. 기존 장롱은 그냥 버리기엔 아까워서

중고나라에 사진을 찍어 올렸다. 얼마 지나지 않아 임자가 나타났고 우린 완전 헐값에 장롱을 팔아버렸다. 나름 깔끔하게 사용해서 어디 망가진 데도 없어 좀 아까운 생각이 들었지만 그렇다고 끌어안고 살 순 없는 노릇이었다. 금요일 밤, TV를 틀어놓고 장롱에 든 모든 옷을 안방 침대 위에 쏟아부었다. 침대는 어마어마한 양의 옷들로 금세 손 디딜 틈 없이 점령당했다. 우리가 설치하기로 한 붙박이장은 빨라야 화요일 도착이라고 해 어쩔 수 없이 심란한 이 상태로 3일을 버텨야 했다.

그렇게 화요일이 되었다. 이른 아침부터 붙박이장 설치 기사 두 명이 초인종을 눌렀다. 약 2시간 남짓 모든 설치가 마무리되고 옷 정리할 일만 남겨두었다. 침대 위에 쏟아놓은 점퍼며 코트 등을 보니 엄두가 나질 않았다. 하다 보면 바닥이 드러나겠지, 하는 심정으로 가장 위에 있는 옷부터 하나둘 붙박이장 옷걸이에 걸기 시작했다. 하필 옷 방과 안방이 넓지도 않은 집 끝과 끝이어서 백 번 이상은 왔다 갔다 한 것 같다. 장롱이 있던 공간에 들어간 붙박이장이다 보니 실질적으로 크기 차이는 별로 나지 않았다. 다만 이불을 넣을 수 있는 공간이 하나 더 생겼다는 정도. 그것만으로도 사실 굉장히 뿌듯하긴 했지만. 부피가 상당한 겨울 외투를 다 걸자 공간이 얼마 남지 않아 불안해지기 시작했다. 아직 걸어야 할 옷들이 많은데 넣을 곳이 왜 이리 부족한 걸까. 그때부터 나는 옷을 나누기로 했다. 일단 지난 1년 동안 단 한 번도 입지 않은 옷들은 모조리 분리해냈다. 그걸 다 버릴 순 없고(미련이 내 발목을 잡았다) 그 안에서도 진짜 입을 것 같지 않은 옷들을 다시 골라냈다. 대부분은 언니가 넘겨준 옷이었는데, 옷 욕심이 많아 일단 받아놨지만 막상 입은 적은 몇 번 없었다.

유행이 살짝 지난 듯한 검은색 재킷부터 푸른색 꽃무늬 패턴이 들어간 블라우스, 다소 형이상학적 패턴이 들어가 맘에 들어했지만 실제로 입은 건 총 세 번이 될까 말까 한 롱 치마, 너무 자주 입어서 구멍 난 티셔츠까지 몽땅 모아보니 이것도 작은 언덕만큼 쌓였다. 그래도 옷장은 턱없이 부족했다. 나는 이해할 수 없었다. 왜 더 큰 장롱을 설치하고 옷을 이만큼이나 뺐는데도 넣을 공간이 부족한 걸까! 어쨌거나 다시 옷들을 정리하기 시작했다. 혼자 옷 정리를 하면서 그렇게 많이 구시렁거려본 적도 없었던 것 같다. 끝도 없는 원피스의 행렬에 얼마 전까지도 원피스를 사지 못해 안달이었던 내가 한심하게 여겨졌다. 그러고 보니 옷을 정리하는 그날도 마침 회사에서 택배를 받아오던 참이었다. 새로 산 투피스와 청바지를 입어보고 옷

∴

정리를 시작했다는 걸 깜박했다. 개미지옥이 따로 없었다. 청바지도 열 개가 넘었다. 딱 붙는 스키니진을 과연 다시 입을 수 있는 날이 올까 의문스러웠지만 일단 살을 빼면 다시 입을 수 있을 거란 희망에 버리지 않기로 했다. 옷걸이에 옷을 하나둘 걸으면서 옷을 또 사면 내가 치킨을 끊는다, 하고 이를 득득 갈았다. 옷을 걸고 또 걸고 개고 또 갰다. 좀 여유롭지 않을까 싶었던 장롱은 어느새 빼곡히 차가고 있었다. 아 지겨워, 소리가 절로 나왔다. 당분간 쇼핑몰은 얼씬도 않을 만큼 옷에 질린 밤이었다. 고른다고 골랐지만 마땅히 버릴 옷도 그렇게 많지 않은 게 문제였다. 어쨌거나 그렇게 장롱 속에 모든 옷이 들어가긴 했다.

다음날 아침, 새벽 2시까지 정리를 강행한 탓에 미치도록 피곤했지만 잘 정리된 붙박이장을 보니 뿌듯했다. 출근을 하기 위해 세수를 하고 옷을 고르려고 옷장 문을 열었다. 그런데 희한한 일이 벌어졌다. 입을 옷이 없었다! 이렇게 옷이 많은데! 입고 나갈 게 찾아지지 않았다. 분명 어제 옷을 정리할 때만 해도 이것도 있고, 저것도 있네,라며 숨겨진 티셔츠며 원피스들을 찾아놓은 게 마냥 행복했는데, 입고 나갈 게 없었다. 왜지? 왜 입을 게 없는 걸까? 불현듯 오래전 스타일리스트 한혜연이 방송에서 우리 집 거실 만한 방 하나 가득 옷들이 둘러싸고 있음에도 아침이면 입을 게 없다고 말했던 게 떠올랐다. 그래… 내가 이상한 게 아니야, 옷이 잘못한 거야. 한혜연의 5분의 1도 안 되는 옷인데 입을 게 없는 건 당연한 걸지도 몰라,라고 미친 여자처럼 또 혼자 중얼거렸다. (우주 최강 자기합리화다)

버리려고 모아놓은 옷가지들은 다가오는 주말 벼룩시장에 나가 헐값에 팔 예정이다. 재작년에도 한번 나가서 꽤 쏠쏠한 재미를 봤기 때문이다. 남편은 5만 원 주고 산 원피스를 2천 원에 팔아놓고 뭐가 그리 신나냐고 나를 이상하게 바라봤지만 말이다. 여자의 옷은 그렇게 돌고 도는 거 아니겠는가.

티는 안 나지만
현상 유지 중이다

〰〰〰〰

　지금 살고 있는 집으로 이사 온 지도 벌써 1년이 다 돼간다. 아이 낳기 전 부랴부랴 집을 옮기느라 만삭에 힘들었던 기억이 아직도 선하다. 그때 대부분 남편 혼자 이삿짐 정리를 했는데 생각 같아선 배만 안 부르면 밤을 새워서라도 짐 정리를 끝내고 싶었다. 전에 살던 집은 오래된 주택 2층이었는데 고즈넉하고 빈티지한 누바 벽이 매력적이었다. 다만 좀 어두워 보인다는 단점이 있어 이사하기 전 하얀색 페인트로 칠을 했다. 화사하면서 북유럽풍 분위기도 나는 게 우리 부부의 취향에도 맞고 평수도 적당해 여건만 허락하면 오래 살고 싶었다, 덜컥 아이가 생기기 전까진.

계획한 임신이 아니어서 황당하고 당황스러운 건 남편이나 나나 마찬가지였다. 둘이 살기엔 불편함이 없지만 아이가 있다면 얘기가 달라졌다. 좀 더 쾌적한 환경에서 아이를 낳아 키우고 싶었다. 우리는 출산 한두 달을 남겨놓고 이사를 결정해 부랴부랴 집을 알아봤다. 도심에서 조금 들어갔지만 산이 가까이 있어 공기가 상쾌하고 신축 건물이라 깨끗했다. 짐 정리가 어느 정도 됐을 때 남편과 나는 양재 꽃 시장에 갔다. 기존에 키큰 화분은 있어서 아기자기한 선인장과 다육이 식물을 키우고 싶었다. 그중 틸란드시아는 그 당시 말 그대로 '꽂힌' 식물이었다. 왜 그 식물이 그렇게 사고 싶었을까? 꽃처럼 화려하고 예쁜 것도 아닌데. 한창 북유럽 인테리어가 유행하면서 대리석으로 만든 테이블 위에 작은 트레이, 그 위에 시크하게 툭 던져진 것처럼 놓인 모습이 인상적이었을까?

틸란드시아는 한 개에 4, 5천 원이었다. 생각보단 비쌌다. 얘는 화분도 필요 없다. 흙도 물도 필요치 않다. 다만 공기 중에 떠도는 먼지를 먹고 산다고 했다. 그러니 그냥 아무 데나 올려놓으면 되는 거다. 뭐 이런 식물이 다 있나 싶었지만 뾰족뾰족한 자태가 그리 볼품없지도 않았다. 그래, 개성 있었다. 나는 이 틸란드시아를 두 개나 샀다. 평소 쓸 일이 없었지만 꽤 우아한 아이스크림 컵을 꺼내 그 안에 담아 하나는 화장대 위에, 하나는 거실 테이블 위에 올려놓았다. 정말 아무것도 필요 없는 걸까? 계속 의심스러워하며.

며칠 뒤 시어머니가 오셨다. 어느 정도 짐 정리가 끝난 집을 이곳저곳 구경하신 후 거실 테이블에 앉아 차를 마실 때였다. 과일을 좀 내오겠다고 부엌으로 간 나는 잠시 뒤 사과가 든 쟁반을 들고 자리에 왔는데 뭔가 어색해진 것 같아 테이블 위를 둘러보니, 틸란드시아가 옆에 있는 다육 식물 화분에 올라가 있었다. '어? 이게 어떻게 된 거지?' 하며 나는 틸란드시아를 집어 다시 원래대로 옮겨놨는데 그걸 본 시어머니가 왜 흙도 없는 곳에 식물을 두냐고 했다. 알고 보니 내가 정신이 없어 화분에 물도 못 주고 식물을 말라 죽게 하는가 싶어 조용히 옆 화분으로 틸란드시아를 옮겨놓으신 것.

어머니께 자초지종을 설명드렸더니 거 참, 신기한 식물도 다 보겠다며 신기해하셨다. 지금 생각해보면 만삭의 며느리가 몸이 무거워 화분에 물도 못 주고 흙도 없이 식물을 말라 죽이는가 싶어 조용히(그것도 내가 자리를 뜬 사이 몰래) 식물을 옮겨놓으신 어머니가 좀 귀엽다.

이대로 괜찮은가 계속 의심스러웠던 틸란드시아는 1년이 지난 지금까지 흙과 물도 없이 잘 있다. 크기는 그대로이니 자라진 않는 것 같다. 그저 현상 유지하고 있나 보다. 정말 아무것도 필요 없는 틸란드시아야말로 나 같은 귀차니즘들에게 최고의 반려 식물이다.

그런 틸란드시아를 볼 때마다 티는 안 나지만 살아 있어, 현상 유지 중인 거야, 하고 생각한다. 사는 게 그런 것 같다. 맨날 분주하고 정신없이 바쁜데 티는 안 난다. 옛날에 엄마가 청소하고 난 뒤 힘들게 쓸고 닦고 하면 뭐하냐고 티도 안 난다고 했던 게 떠오른다. 인생이 전반적으로 그렇다. 그런 날들의 연속이다. 확연한 차이 없이 뭔가를 하긴 한 것 같은데, 달라진 건 모르겠고. 뭐 어쨌거나 현상 유지하고 있는 것도 괜찮다. 더 나빠지지만 않는다면.

~~~~~~~~ **배가 찢어질 때쯤에**
깨닫는다

　나는 유독 위가 예민하다. 무엇보다 심리적인 요인이 남들보다 크게 작용하는 편인데, 한마디로 위보다 성격이 예민한 거다. 이 글을 쓰는 회사 책상 위에는 소화제만 두세 종류가 있다. 유산균, 물약, 알약 등 언제 아플지 모르기 때문에 소화제는 수시로 갖춰놓는다. TV를 보다가 특정 부위에 효과적인 소화제가 출시됐다는 광고를 접하면 다음 날 약국에 가서 그 약을 손에 넣어야 직성이 풀린다.

　지난주 일요일에는 완연한 봄이었다. 아이를 데리고 집 앞에 있는 큰 공원에 갔는데 여기저기서 반팔만 입은 아이와 어른이 보일 정도였다. 한참을 아이와 뛰었더니 나 또한 얇게 입는다고 입은 청재킷이 덥게 느껴졌다. 1시간쯤 원 없이 아이를 뛰게 한 뒤 집에 돌아와 남편에게 짜장면이나 시켜 먹자고 제안했다. 오전에 달걀프라이를 넣은 토스트 한 조각과 커피를 마신 게 전부였던 터라 음식이 배달될 즈음엔 운동화 깔창이라도 씹어 먹고 싶을 만큼 배가 고팠다.

이렇게 배가 잔뜩 고팠다가 밥을 먹으면 천천히 먹는 게 쉽지 않다. 그래서 생각했던 것보다 꽤 많은 양을 빠르게 먹게 돼 반드시 탈이 난다. 쉴 새 없이 젓가락질을 하면서도 이런 식으로 계속 먹으면 체할 거란 짐작을 했다. '체할 거 같아'라고 생각하면서 음식을 먹으면 반드시 얹히게 돼 있다. 왜 그런지 모르겠다. 왜 그런 생각을 할까, 그리고 내 몸은 왜 그렇게 정직할까? 짜장면 한 그릇을 뚝딱 비우고 함께 시킨 탕수육에 소스를 푹푹 찍어 먹으면서 음식물이 목구멍까지 차올라 더부룩해지는 걸 느꼈지만 쉽사리 젓가락이 식탁 위에 내려놓지지가 않았다.

이미 나는 자제력을 상실한 것이다. 나는 식탐이 있다는 것을 인정하고 사람들에게 말하고 다닌다. 어떤 인정은 꽤나 쿨한데 식탐이 있단 인정은 뭔가 없어 보인다. 그런데도 말하는 이유는 뭘까. 나도 잘 모르겠다. 식탐이 많으면 일단 사람이 추해진다. 남들보다 더 많이 먹으려고 젓가락이 분주해지기 때문이다.

소화불량을 늘 달고 산다. 지금은 아니지만 한때는 체했을 때 손을 쉽게 딸 수 있는 사혈기를 가방에 넣고 다녔다. 야근하다가 체했다 싶으면 알코올 솜과 사혈기를 꺼내 거침없이 손가락을 찔렀다. 한 군데도 아니고 무려 네 군데를. 아직까지도 급체했을 땐 이 방법이 가장 좋다고 믿기 때문에 나뿐만이 아니라 친구나 동료가 체한 것 같다고 말만 해도 바로 사혈기를 꺼냈다. 의례 체하면 나한테 손을 내밀며 다가오는 동료도 있었다. 퇴근하기 전까지 거의 대부분 시간을 의자에 앉아 키보드만 두드리다 보니 운동량이 많이 부족하다. 점심 먹고 들어와 앉아 바로 일을 시작하면 당연히 소화가 안된다. 딱딱하게 뭉치기 시작하는 윗배를 쓰다듬으며 허리를 곧게 펴보지만 쉽게 풀어지지 않는다.

다시 지난 일요일 먹은 짜장면으로 돌아와, 저녁을 배불리 먹어놓고 아이가 피곤했는지 일찍 잠들어 남은 일요일 밤 영화라도 한편 보고 자야 덜 억울할 것 같아 IP TV를 켰다. 남편과 합의하에 영화 〈공조〉를 보기로 했고 그는 영화가 시작되기 전, 너무 자연스럽게 냉장고에서 쥐포를 꺼내 굽고 캔맥주를 가져왔다. 배가 불렀는데, 안 먹을 수 없었다. 달콤하고 짭쪼름한, 그 단짠 내를 무방비로 버틸 수 없었다.

"나도 한 캔 마셔야겠다."

냉장고에서 맥주를 꺼내고 싱크대 선반에서 꼬깔콘을 챙겨 안방으로 향했다. 영화는 단조롭게 유쾌했고 시원한 맥주와 '단짠' 안주가 입에 들어가는 동작은 멈출 줄 몰랐다. 밤 10시에 너무 많이 먹은 거 아닌가 싶었지만 어쩌겠는가, 이미 음식들은 배 속에 정착했는걸. 영화가 끝나고 자연스럽게 체중계에 올랐다. 예상을 훨씬 뛰어넘는 숫자를 보고 나도 모르게 "헉" 소리를 내뱉었다. '내일 점심은 굶어야겠군.'

종종 있는 일이다. 전날 좀 많이 먹었다 싶으면 대체로 (저녁보다) 참기 쉬운 점심을 거른다. 그랬는데… 배가 너무 고팠다. 원래 전날 많이 먹으면 다음날 더 배가 고픈 법. 왜냐 위가 그만큼 늘어났으니까. 오늘 점심은 건너뛰겠단 말을 아주 간단히 집어 삼킨 채 동료들과 룰루랄라 점심을 먹으러 나갔다.

하필 정한 메뉴가 푸짐하게 한 상 차려 나오는 백반집. 동료들끼리 얘기하기로 진짜 엄마보다 잘 차려주는 식당이었다. 밥을 반 공기만 먹어야지, 했는데 밥을 더 퍼다 먹지 않은 게 다행일 정도로 한 그릇을 싹싹 비웠다. 양념이 잘 밴 제육볶음과 매콤하고 맑게 끓인 콩나물국의 조화란. 그렇게 밥풀 하나도 남기지 않고 다 먹은 나는… 지금 소화제만 세 개째 먹고 있다. 장운동을 활발하게 한다는 유산균을 시작으로 30분쯤 있다가 알약을 먹고도 통증을 참기 힘들어 마시는 약을 또 먹었다. 그래도 뭔가 시원하게 뚫리는 감이 없어 속을 따뜻하게 해주는 쌍화차를 타 마셨다. 이쯤 되면 나의 식탐과 단칼에 끊지 못하는 식욕이 제대로 원망스럽다. 꼭 이렇게 다 먹고 나서 후회한다. 그리고 같은 실수를 반복한다.

일단 저녁은 정말로 굶어야겠다고 다짐했다. (다짐은 했다) 속은 계속 더부룩해지고 복부 팽만감은 잦아들지 않았다. 계속 움츠려드는 허리를 곧게 펴기 반복했지만 찌릿찌릿한 위 통증이 쉽게 가시질 않는다. 아, 빨리 집에 가서 눕고 싶다. 맛있는 걸 앞에 두고 이렇게 아플 걸 예상한다면 적게 먹으면 될 것을.

아, 나는 얼마나 미련스러운가! 매번 배가 찢어질 것처럼 먹고 나서야 깨달으니 말이다.

더 격렬하게,
아무것도 안 하고 싶다

　해야지, 해야지 다짐해놓고 수개월째 하지 않은 일이 있다. 다짐하고 생각만 한 게 벌써 4개월은 지난 것 같다. 그러니까 여름 민소매 셔츠를 꺼내 입어야겠다고 생각한 뒤부터인 것 같은데 여름이 지나고 찬바람 부는 가을이 되었으니 나의 귀찮음은 정말 대단한 것 같다. 계절이 바뀔 만큼 하기 싫은 게 뭐냐, 바로 다림질이다. 그러고 보니 그 다림질 때문에 장롱까지 정리했는데(그 상관관계가 뭐냐 묻는다면, 다림질해서 넣은 셔츠가 구겨지지 않도록 옷장 안의 옷들을 정리했다. 여유 공간을 만들었달까?)

막상 그 어머어마한 일을 해놓고 정작 다림질은 하지 않았다.

옷을 잘 다려 입지 않는 편이다. 깔끔한 스타일을 고수하는 사람들은 셔츠는 물론 티셔츠까지 다려 입는다는데 언감생심 나는 꿈도 못 꿀 일이다. 맘먹고 다림질을 하면 당장 입을 수 있는 옷이 꽤 많은데 다림질이 귀찮다는 이유로 여름 내 그 옷들을 한 번도 입지 못하고 가을이 돼버렸다. 그러면서 입을 게 없다고 연신 쇼핑몰을 기웃거린다. 왜 이렇게 다림질이 귀찮은 걸까.

우리 집에는 일반 다리미와 스팀다리미가 있는데, 스팀다리미는 일반 다리미가 쓰기 귀찮아서 샀던 거였다. 그러니까 바닥에 앉아서 구부정하게 다림질하는 게 싫단 이유로 그냥 걸어놓고 바로 칙칙 스팀을 쏴서 옷을 펼 수 있는 스팀다리미를 샀던 건데…(그러면 엄청 자주 옷을 다려 입을 줄 알았다) 이제는 스팀다리미도 귀찮아서 쓰지 않고 있다. (그렇게 스팀다리미는 모자걸이가 되었다) 나는 그냥 다림질이 귀찮은 정도가 아니라 하기 싫었던 거다. 그러니까 하지 않을 이유를 만들고 있었던 거다.

그러고 보니 별거 아닌데 진짜 귀찮아서 하지 않고 있는 사소한 일들이 몇 가지 더 있다. 다림질을 비롯해서 요 커버 씌우기, 거실 테이블 위 정리하기, 선풍기 커버 씌우기, 주방 식기 건조대 닦기 등이다. 이게 뭐 위치를 바꾸거나 수리를 맡겨야 하거나 그런 일이 절대 아니다. 말 그대로 요 커버 씌우기는 빨아놓은 커버를 씌우기만 하면 되고 거실에 식탁 겸으로 쓰고 있는 테이블 위에 늘어놓은 책과 신문, 지로 용지 등을 구분하여 정리하는 것이다. 그리고 식기 건조대에 남아 있는 물 얼룩을 닦는 것 정도이다. 이 일들이 1시간이 걸리는 것도 아니고 30분이 걸리는 것도 아닌데, 작정하면 5분이면 끝나는 것들인데도 왜 이렇게 하기 싫은 걸까! (아 지긋지긋해) 매일 그 옆을 지나다니면서, 혹은 장롱을 열 때마다 마주치는 모습인데 그냥 눈을 질끈 감아버리고 다음에 하지 뭐, 내일 하지 뭐, 이러고 넘어가버린다.

나도 정말 나한테 질렸다. 요 커버는 빨아놓고 씌우기 귀찮아서 그대로 요 위에 깔고 잔다. 엄마랑 같이 살았다면 등짝을 여러 대 맞았을 일이다. 빨래하는 것만큼 싫어하는 게 빨래 개는 거다. 개는 것만큼 싫어하는 게 구분 지어 서랍에 넣는 거다. 그래서 매우 종종 건조대에 널어놓은 빨래를 그대로 걸어 입고 나갈 때가 많다. 빨래를 개는 경우는 다음 빨래를 널어야 할 때, 어쩔 수 없이 자리가 필요해서일 때가 많다. 누가 알아서 좀 해주면 좋으련만 나와 똑같은, 아니 나보다 더 심한 귀차니스트인 내 남편은 시키기 전에 알아서 하는 경우가 거의 희박해 진 작에 포기했다.

사실 집이 깔끔해 보이고 청소가 노동처럼 느껴지지 않기 위해서는 이런 귀찮지만 소소한 일들을 그때그때 해치우면 된다. 커버를 씌우지 않아 속이 그대로 드러난 요를 매일 밤 깔고 자면 숙제를 안 한 것처럼 찜찜한 건 물론이요, 커버는 구겨지고 속 이불은 더러워진다. 근데도 왜 안 하는가. 당장의 편함 때문이다. 지금의 편함 때문에 마음속으론 '계속 저걸 치워야 하는데', '다려야 하는데', '닦아야 하는데'라며 차일피일 미루게 되고 그곳엔 먼지가 쌓임과 동시에 나의 게으름도 누적되는 것이다. 그렇게 게으름이 누적되다 보면 나는 의례 그런 사람이 되고 만다. 그냥 게으른 사람이 되는 것이다.

뜬금없이 냉장고 생각이 났는데 냉장고도 그렇다. 계속 쌓아두고 (지옥에 가면 내가 버린 음식물 쓰레기를 다 먹어야 될지도 몰라,라고 매번 생각하면서) 한꺼번에 치울 게 아니라 날짜가 지나 못 먹는 음식은 그때그때 버리면 청소를 몰아서 할 필요도 없고 냉장고 문을 열 때마다 느끼는 죄책감도 사라질 텐데…. 내가 누굴 가르치고 할 처지가 아닌데 말은 참 잘한다.

어쨌거나 이런 이유로 요즘 내 삶의 모토는 '그때그때 하자'

가 되었다. 개수대에 컵이나 접시가 한두 개 모이면 그때그때 설거지하고, 욕실 물때가 보이면 바로바로 솔로 닦아내고, 장식장 위에 먼지가 쌓였다 싶으면 그때그때 물티슈로라도 닦고, 고양이 털이 눈에 띄면 청소기가 부담스러우니 정전기 청소포로 대충이라도 미는 것이다. 이렇게 하면 한번에 많은 힘이 들지 않아도 되고 사실 되게 금방 끝나기 때문에 청소라는 느낌도 별로 없다. 살짝 내가 부지런한 사람인 것처럼 느껴지기도 한다.

근데… 이런 자잘한 것들이 모이면 그것 또한 엄청 피곤하긴 할 것 같다. 계속할 일이 줄 서 있는 기분… 아 어쨌든 아무것도 안 하고 싶다, 별로 하는 것도 없지만 더 격렬하게 아무것도 안 하고 싶다!